Die Vierpfotengang

Eine lustige Katzengeschichte

Ryan Garcia

ISBN: 979-8-6236-7806-5

Inhaltsverzeichnis

1. Das Kennenlernen

Ich saß auf meiner Terrasse und auf einmal hörte ich eine Stimme, deren Klang mich an einen alten Freund erinnerte. Ich schaute mich um, doch ich sah nichts.
Dann wieder, „Hallo du, ich habe Hunger, gib mir was zum Essen!“ Ich sah mich noch mal um, nichts. Ja so fängt es an. Dann wieder, „He du, was ist so schwer daran zu verstehen, dass ich Hunger habe? Ein Onkel von mir hat erzählt, dass er früher mal bei dir gewohnt hat und die Verpflegung gut und reichlich war.“
„Okay und du bist eine fleischfressende Pflanze, oder was?“
„Nein, ich bin inkognito unterwegs, weil es hier nur so von ganz, ganz schlimmen Katzen wimmelt, Schläger und Herumtreiber.“
Ich sah zwar immer noch nichts, war mir aber ganz sicher, dass ich ein Déjà-vu hatte. So fing das damals mit Mogli auch an und von der Stimme her, das Miauen, verblüffend ähnlich. Aber wo versteckt sich die Mieze?
„Du bist also inkognito unterwegs?“
„Ja, also praktisch unsichtbar, ähm gut getarnt meine ich.“
Angestrengt schaute ich zwischen die Blumentöpfe und sah einen tief schwarzen Schatten, der bei näherem Hinschauen, die Konturen einer dunkelfarbigen Katze annahm.
„So, unsichtbare Inkognitokatze, ich kann dich sehen, auch wenn ich zugeben muss, dass du wirklich gut getarnt bist.“
„Ähm, du siehst mich nur, weil ich will, dass du mich siehst, sonst würdest du nur einen dunklen Schatten sehen.“
Wie Mogli schoss es mir durch den Kopf.
„Okay, du bist wirklich gut getarnt.“
„Kannst du mir jetzt was zum Essen holen?“
„Ich habe aber nur Essen für Menschen hier, ich war auf Besuch nicht eingerichtet.“
„Na ja, das wird auch gehen, mein Onkel Mogli hat früher schon erzählt, dass er dich nicht perfekt erziehen konnte, du

hättest dich immer gewehrt, zu viel Eigenleben, nicht kätzisch genug!“
Während ich ein Würstchen klein schnitt, ließ ich mir den letzten Satz der Miezekatze noch mal auf der Zunge zergehen – ich bin „nicht perfekt erzogen“, die Mieze kennt Mogli tatsächlich, das war seine Sprache.

***

Mogli habe ich auch auf eine etwas andere Art als normal kennengelernt. Eines Abends sah ich eine Mieze, die den Eindruck auf mich machte, als würde sie meine Terrasse mustern.
Vorsichtig fragte ich: „Und wer bist du denn?“
Mich hat es schier umgehauen, als ich das Miauen verstand.
„Ich heiße Mogli und bin auf der Suche …“
Okay, ich bin jetzt also der Katzenversteher, na ja, warum nicht, es gibt Pferdeflüsterer, der mit dem Wolf tanzt und jetzt noch mich den Katzenversteher. Mogli war inzwischen durch die Terrassentür in meine Wohnung gehüpft und schaute sich neugierig um.
„Also, ich werde ein paar Tage bei dir wohnen. Ich bin oft unterwegs, vor allem nachts und wenn ich heim komme habe ich Hunger, das heißt du musst mich füttern. Hast du alles verstanden?“ Ich war überrascht, dass er mich fragte, obwohl von ihm schon alles beschlossen war.
„Im Großen und Ganzen schon, ich wiederhole nur, um ganz sicher zu sein: also du ziehst hier ein und ich darf bleiben und für dich sorgen.“
„Ja genau so, geht doch“, miaute Mogli trocken und schaute mir tief in die Augen.

***

„Also das Würstchen war nicht schlecht, na ja ein paar Sachen, die ihr Menschen esst, kann man als Katze auch essen. Aber das nächste Mal möchte ich was Richtiges zum Essen haben, am liebsten mit Fisch. Kann ich jetzt noch was zum Trinken haben?“, fragte die Inkognitomieze. Ich ging noch mal in die Küche und machte der Mieze Dosenmilch mit Wasser und stellte ihr die Schüssel hin. Sie kam nie ganz aus ihrer Deckung heraus, Teile von ihr waren so wirklich wie unsichtbar.
„Sag mal, du kennst Mogli? Du hast gesagt, dass er dein Onkel ist, also seid ihr aus der gleichen Familie? Und er hat dir Dinge über mich erzählt?“ Meine Neugierde war schon entsprechend groß und mit Spannung wartete ich darauf, was mir die Mieze erzählen würde.
„Nicht so viele Fragen auf einmal, darauf antworte ich dir später. Also, wie sieht es aus, ich komme zweimal am Tag bei dir vorbei und du gibst mir zu essen und zu trinken?“
„Ach du willst gar nicht bei mir einziehen und mich zu deinem Haustier machen?“, fragte ich ein wenig erleichtert. „Ich soll nur für dich sorgen?“
„Ja genau, ich will mir keinen Menschen halten, das ist zu aufwendig und erfordert zu viel Zeit und die habe ich nicht.“ Glück gehabt, also keine feindliche Übernahme durch die Mieze, nur füttern. Da war Mogli schon anders. Er wurde ziemlich schnell ein Teil meines Lebens oder wie die Mieze sagen würde, ich ein Teil ihres Lebens.
„Gut, ich gehe jetzt wieder, ich schaue dann gegen Abend noch mal vorbei, solange kannst Du schon mal was Anständiges zum Essen besorgen, wie gesagt am liebsten was mit Fisch.“
„Jawohl, hast du sonst noch irgendwelche Wünsche und wie heißt du denn eigentlich?“
„Ich heiße Balou.“
„Ach, Balou der Bär?“, fragte ich.
„Nein Balou der Unsichtbare unter den Katzen.“
„Warum bist du denn so darauf aus, dass dich keiner sieht?“

„Weil ich keine Schwierigkeiten will und das meiner Ausbildung entspricht."
„Ausbildung?", fragte ich erstaunt.
„Ja, ich habe die Ausbildung im Nichtdasein, egal wo ich bin."
„Kann es sein Balou, dass du nur feige bist und Angst vor den anderen Katzen hast?"
„Ich habe keine Angst, aber in dieser Gegend ist fast nur Gesindel unterwegs und verwöhnte Hauskatzen, die zu nichts mehr zu gebrauchen sind."
„Und was machst du dann hier, wenn es so schlimm ist?"
„Meine Ausbildung im Nichtdasein!"
Ich merkte, dass die Unterhaltungen mit Balou recht zäh werden könnten. Balou hatte das Weite gesucht, auf jeden Fall hörte ich ihn nicht mehr, sehen konnte man ihn ja nicht, schenkte man ihm Glauben; er sah sich selbst denke ich als Schatten. Mir kam immer wieder der Gedanke, dass Balou einen an der Waffel hat, aber zu der Sorte Wesen gehört, die das von ihrem Umfeld dachten. Und er war sehr verhalten im etwas von sich aus preiszugeben. Ich hatte ihm klare Fragen zu Mogli gestellt, die er später beantworten wollte, doch dann blendete Balou das Thema aus. Wiederum glichen sich die zwei Katzen hier, wie ein Ei dem anderen. Mogli erzählte auch nichts von sich, er kommentierte nur mein Tun und fragte mir Löcher in den Bauch.
„Wir haben jetzt Sommer, die Temperatur liegt bei knapp 30 °C und du legst dir einen bunten Strick um den Hals und ziehst ihn zu, ist das intelligent? Ich mein ja nur so."
Das war ein typischer Kommentar von Mogli, nachdem er mir ein paar Mal beim Krawattenbinden zugesehen hatte.
So, die Katze ist aus dem Haus und der Mensch hat die Rennerei. Fisch will er also haben. Bin ich doof oder hat mich die Mieze schon nach ihrem ersten Besuch dressiert. Gut, Balou hat behauptet, dass er mit Mogli verwandt sei und mich würde schon interessieren, wo Mogli abgeblieben ist, schließlich hat er über ein Jahr bei mir gelebt; oder soll

ich lieber sagen ich musste nicht ausziehen, als er sich entschlossen hat bei mir einzuziehen. Man muss auch Mal Glück haben. Balou wollte also nicht mit mir wohnen, er brauchte nur eine sichere Futterstelle. Warum nicht, dachte ich und ging sein Essen besorgen. Danach machte ich es mir auf der Terrasse bequem und vertiefte mich in die Tageszeitung.
„Hast du an mein Essen gedacht?"
Ich fühlte einen Stich in der Brust, sprang auf, der Stuhl schepperte über die Terrasse, mein Puls sortierte sich bei 200 ein, so habe ich mich erschrocken.
„Mieze, kannst du deinen Inkognito Modus bei mir sein lassen, für solche Spielchen bin ich zu alt?"
Wiederum sah ich nicht einmal einen Schatten, Balou war wirklich unsichtbar.
„Hier bin ich", hörte ich seine Stimme und sah ein grünes Auge zwischen zwei Pflanzenblättern herausblitzen.
„Ich habe Hunger", schnurrte er mir entgegen.
Die Schüssel mit dem Futter stellte ich auf den Boden, die Mieze roch daran und warf mir einen starren Blick zu.
„Hast du schon mal einen Fisch mit vier Füssen, oder ein Rind mit Flossen gesehen?"
„Nein", antwortete ich ein bisschen verdutzt.
„Und warum stellst du mir dann Rind zum Essen hin, kannst du nicht lesen?"
„Du kannst lesen?", fragte ich erstaunt.
„Nein lesen kann ich nicht, aber riechen, schmecken und sehen. Und ich rieche, schmecke und sehe, dass das hier kein Fisch ist. Außerdem ist das Lesen deine Begabung, nicht meine. Ich sage dir, was ich möchte und wann ich komme, also leichter kann ich es dir nicht machen." Trotzdem fing die Mieze an zu fressen, schaute dann zu mir hoch und meinte mitleidig:
„Na ja, ich will am Anfang nicht zu streng mit dir sein."

***

Da hatte ich unheimliches Glück, dass Balou so geduldig mit mir war, nachdem ich so einen Bock geschossen hatte. Ich kaufte drei Dosen und die vordere war Fisch, Forelle und Lachs, ich dachte die ganze Reihe wäre Fisch, doch das war offensichtlich nichts so. Aber es ist sicher, dass ich beim nächsten Füttern punkten werde, wenigstens eine Dose Fisch ist im Haus. Balou machte nicht den Eindruck, dass er kein Rind mag, er lag gerade in den letzten Zügen die Schüssel zu leeren. Ich ließ ihn nicht aus den Augen, schließlich wollte ich ihm noch Fragen zum Thema Mogli stellen. Genüsslich leckte die Mieze sich die Schnauze und schaute mir tief in die Augen:
„Hast du vergessen, dass ich nach dem Essen was zum Trinken brauche? Das gleiche wie gestern, aber weniger Wasser, sonst schmeckt das nicht, wie es schmecken soll.“
Sofort machte ich mich auf den Weg in die Küche und dachte, ein Kind würde spätestens jetzt Probleme bekommen, warum lass ich mir das von der Katze gefallen. Ich ging in die Knie und stellte die Schüssel auf den Boden, blieb aber knien.
„Kannst du einen Schritt zurückgehen, das wird mir sonst zu eng?“ Stur blieb Balou zwischen den Pflanzen sitzen bis ich aufstand und mich wieder hinsetzte. Er machte sich über die Katzenmilch her und ich konnte sehen, dass er, wie jede Katze diese Milch liebte. Gestern gab ich ihm Dosenmilch mit Wasser, aber das hat er ja schon bemängelt. Wieder strich seine Zunge mit Genuss um seine Schnauze. Er hob den Kopf und wollte gerade etwas von sich geben, doch ich kam ihm um Millisekunden zuvor:
„Sag mal Balou, du kennst Mogli, wie geht’s ihm und vor allem wo ist er?“
„Findest du nicht, dass du ganz schön neugierig bist und zu viel fragst? Ich muss jetzt gehen und komme heute Abend

wieder vorbei und nicht vergessen, Fisch", er hüpfte durch die Pflanzen und war weg. Na ja, an der Kommunikation müssten wir noch ein wenig arbeiten, er ist nicht nur unsichtbar, sondern auch noch nonverbal unterwegs, zumindest wenn es um Fragen geht. Die Uhr zeigte 17.30 Uhr an, langsam müsste die Mieze doch auftauchen. Gut, Abend ist auch ein dehnbarer Zeitraum. Ich hatte die zwei Schüsseln für Essen und Trinken nahe der kleinen Blumenbank platziert, leer; ich wollte endlich etwas über Mogli in Erfahrung bringen. Plötzlich war ich mir sicher einen Schatten zu sehen, der da nicht hingehört.
„Hallo Balou, sitzt du schon zwischen den Pflanzen und machst einen auf Nichtdaseinkatze?"
„Nein, ich übe noch den Unsichtbaren", antwortete er, doch seine Stimme kam aus einer ganz anderen Richtung.
Er stand direkt hinter mir und lief langsam auf die Schüsseln zu, die er ungläubig betrachtet, um mir dann sein gesamtes Unverständnis in einem Blick zuzuwerfen.
„Du kannst die Schüsseln jetzt voll machen", sagte er fast schockiert darüber, dass ich mir so etwas erlaube.
„Nein Balou zuerst möchte ich was über Mogli erfahren", antwortete ich ihm lapidar.
„Du willst mich unter Druck setzen, Menschlein, tu das nicht, das wäre für unser Verhältnis sehr, sehr störend!"
„Ja, weil die Mieze dann Mäuse zu jagen hätte und so vielleicht kooperativer sein müsste."
„Noch kooperativer als ich es bin, ich sage dir, was ich möchte und wann ich komme, also du kannst dich wirklich nicht beschweren und Mäuse jagen kommt mir gar nicht in den Sinn, solange es Menschen gibt, also geh jetzt in die Küche und hol mein Essen und Trinken und ich will noch einmal darüber hinwegsehen."
Einen Moment war ich mir nicht sicher, was ich tun sollte, die Ignoranz von Balou war auf der einen Seite cool, aber ich wollte doch nicht, dass er es so einfach bei mir hatte.
„Ich denke Balou, du solltest mal über Nacht darüber

nachdenken, ob ein Platz, wo man leckeres Essen und Trinken bekommt nicht ein paar Antworten wert ist."
Ich ging in die Wohnung, machte die Terrassentür zu und sah eine Mieze, die über mein Verhalten sichtlich geschockt war und dann mit zwei Sprüngen aus meinem Sichtfeld entschwand. Ich war gespannt auf den nächsten Abend.

***

Erster Abend. Früh genug schlenzte ich mich in meinen Gartenstuhl und beobachtet mit Spannung meine Topfpflanzen, vor allem alle Zwischenräume und Möglichkeiten, wo sich die Mieze verstecken konnte. Ich wollte mir die Peinlichkeit ersparen, dass ich sie vor mir vermutete und sie aus meinem Rücken heraus spazierte. Nein Mieze, heute ist nicht dein Tag, heute werde ich dich entdecken, egal wie nichtdadubist. Eigentlich tat sie mir leid, auf einen so harten Brocken wie mich getroffen zu sein. Aber Katzen musste man früh genug zeigen, wo der Frosch die Locken hat. Was hat er zu meiner Wohngegend noch mal gesagt? Es seien fast nur Gesindel und verwöhnte Hauskatzen unterwegs. Gut hier auf Tenerife gibt es noch vereinzelt wilde Katzen, die in Barrancos, das sind tiefe trockene Flussbetten, die nur bei Starkregen Wasser führen, vorkommen. Mein Haus steht am Rand eines Barrancos und da gibt es einen Kater, der aussieht, als hätte er in seinem Leben viel gerauft. Er macht einen zerzausten Eindruck und hat böse Narben am Kopf. Ein scheuer, immer übel aufgelegter Geselle, dem man ganz sicher nicht bei Nacht begegnen möchte. Er jagt die von Balou als „verwöhnte Hauskatzen" bezeichneten Miezen und unter einem Gejohle, als ob Kinder schreien, verhaut er sie. Er duldet niemanden in seinem Revier. Es gab selten eine Nacht, in der man nichts hörte. Das Leben der Hauskatzen war aus diesem Grund sehr verhalten, selten trauten sie sich weit von ihren Herrchen und Frauchen weg. Die meisten trugen Halsbänder mit Glöckchen, wenn die Schläge kassierten hörte es sich an, als flogen Glöckchen durch den Garten, mit dem entsprechenden Geschrei unterlegt. Wenn ich mir vorstelle, dass an den fliegenden Glöckchen noch Katzen hingen, machte der ganze Geräuschpegel einen Sinn. War es das, was Balou an den verwöhnten Hauskatzen bemängelte, dass sie immer Schläge kassieren und dann tagelang verängstigt nicht mehr aus der Wohnung gehen und sich jede Sekunde schon fast manisch umdrehten und angstvoll auf alle Seiten schauten, verhaltensgestört halt. Die Zeit war vorgerückt und ich zog mich in meine Wohnung zurück. Die Mieze wollte mich also abstrafen.

***

Zweiter Abend. Schon krass, Balou machte einen auf beleidigt, aber heute kommt er sicher, der wird bestimmt einen Mordshunger haben. Vorsichtshalber hatte ich ihm eine Schüssel mit Lachs und Forelle und eine andere mit Katzenmilch hingestellt, ich wollte ihn nach dem Tiefschlag von vorgestern nicht noch mal schockieren, so eine Katze ist eben auch nur ein Tier. Eigentlich war er schon ein Lieber, halt ein bisschen egoistisch, aber das ist ja bekanntlich der erste Charakterzug des Katzentieres. Wenn Balou nur ein wenig umgänglicher und auskunftsfreudiger wäre, aber die Mieze ist wirklich die Inkognitokatze, obwohl ich so viele Fragen hätte. Er ist schon interessant, hat eine Ausbildung und beherrscht es wirklich sich als lebendiger Schatten unsichtbar zu machen. So viele Fragen quälten meinen Kopf, aber wie konnte ich die Mieze davon überzeugen mit mir zu sprechen. Also mit Futterentzug schien es nicht zu funktionieren. Noch immer kein Anzeichen von Balou. War ich zu streng, erwartete ich zu viel? Ich muss zugeben die Mieze hat mein Herz im Sturm erobert, obwohl Balou schon sehr gewöhnungsbedürftig daherkommt. Mogli war geselliger, klar für ihn war ich teilweise auch nur der persönliche Dosenöffner, doch das hat er trickreich kaschiert. Es gab ganz wenige Szenen, wo er ohne Tarnung seine von ihm eingenommene Stellung verraten hat. Zur Zeit der Siesta habe ich mir angewöhnt mich auf dem Sofa ein wenig auszuruhen, Mogli auch. Er lag am Fußende und ich durfte den Rest des Sofas benutzen. Wenn ich ihn dann aus Versehen mit meinen Füßen berührt habe, griff er meine Zehen an, linke Tatze, rechte Tatze, aber natürlich mit Krallen, dann biss er zu und knurrte, dass es schon unheimlich war und verließ das Sofa. Er kämpfte gegen meine Füße, nicht gegen mich, meine Füße waren in dem Moment kein Teil von mir. Nur wenige Minuten später als sei nichts gewesen, strich er mir wieder um die Füße um zu signalisieren, dass seine Schüssel schon viel zu lange leer dastand. Nach wenigen Attacken saß ich nur noch auf dem Sofa, um ja nichts zu riskieren. Dann war die Katze zufrieden und schnurrte vor sich hin. Balou ist wieder nicht gekommen, der wollte mir demonstrativ zeigen, dass er mich nicht braucht und ich froh sein kann, wenn er zur mir zum Essen kommt. Echt Katze.

***

Dritter Abend. Langsam machte ich mir ernsthafte Sorgen. Was war los mit Balou, wo war die Mieze abgeblieben? Vielleicht hat er sich einen anderen Ernährer ausgesucht, einen etwas Unkomplizierteren als mich, einen, der keine Fragen stellte und ihm leere Schüsseln hinstellte und ihn dann hungrig stehen ließ. Ich hatte alles falsch gemacht, was man falsch machen konnte. Ich hätte mir als Katze auch den Laufpass gegeben. Über mein schlechtes Verhalten gegenüber Balou den Tränen nahe, merkte ich, wie in mir Schwüre aufstiegen, sollte Balou noch einmal kommen. Ich wollte auf sein sensibles Wesen eingehen und mich gut um ihn kümmern. Traurig saß ich da und stürzte in üble Selbstvorwürfe ab, wie man nur so schlecht zu einer Mieze

sein konnte. Meine Laune wurde immer dramatischer und ich fühlte mich, als ob mein Leben keinen Wert mehr hätte.
„Na hast du ein schlechtes Gewissen und bereust, wie gemein du zu mir warst?"
Jetzt hörte ich schon seine Stimme, die mir Vorwürfe machte.
„Wenn du mir jetzt mein Essen hinstellst, könnte ich über das hinwegsehen."
Eine Stimme die etwas zum Essen möchte. Ich öffnete meine Augen und da saß Balou vor mir und musterte mich mit großen Augen.
„Balou, du bist ja tatsächlich hier."
Seine Augen durchdrangen mich förmlich, er hob den Kopf und sagte:
„Ja, könnte ich jetzt mein Essen haben, ich habe Hunger?"
Wie von der Tarantel gestochen flitzte ich in die Küche und holte eine Dose Katzenfutter aus dem Schrank, nicht ohne mich vorher zu vergewissern, dass es auch Fisch war, Forelle und Lachs. Ich füllte ihm seine Schüssel mit einer großen Ration seines Lieblingsessens und goss beschwingt Katzenmilch in die andere Schüssel. Auf der Terrasse stellte ich es ihm hin und setzte mich sofort auf den Stuhl, um ihm zu signalisieren, dass ich im Begriff war, alles so zu machen, wie er es wollte. Nur nicht mehr erschrecken. Ich sah ihm zu, wie er sich genüsslich mit seinem Futter beschäftigte und dann über die Milch herfiel, als wenn es das letzte Mal wäre, dass er etwas bekommt. Schon wieder meldete sich mein Gewissen, nur wegen meiner absurden Gedanken.
„Siehst du, es ist doch gar nicht schwer, mach einfach was ich sage, dann geht es uns beiden gut", meinte Balou nachdem er sich ausgiebig geputzt hatte.
„Das ist doch leicht zu verstehen."
Ich wollte was sagen, aber mein Gewissen verbot mir jede Äußerung.
„Ich komme dann morgen wieder und da hätte ich gerne Huhn", sagte er und war weg.

Wenn der jetzt die Angebotspalette der Katzenfutterhersteller durchprobiert, brauche ich einen neuen Küchenschrank, aber was soll´s. Morgen habe ich frei, dann habe ich Zeit die gewünschten Dosen zu kaufen. Die Mieze ging mit keinem Wort auf die drei Tage ohne Fressen ein, das hat sie einfach weggesteckt. Darüber konnte ich nur froh sein. Ich habe mir vorgenommen mit der Zeit zu arbeiten, viel Zeit, um nicht aufdringlich, oder gar neugierig zu erscheinen.

***

Am nächsten Morgen saß ich mit meiner Perle auf der Terrasse und genoss eine schöne Tasse Kaffee.
„Sag mal, war die kleine schwarze Katze abends auch noch hier?", fragte mich Myriam.
„Wie, kleine schwarze Katze, die war bei dir auch da, also da, als du da warst, ähm … ich meine morgens?", fragte ich nervös, während ich den vor Schreck versabbelten Kaffee vom T-Shirt zu putzen versuchte.
„Ja, die letzten drei Tage tauchte die immer auf", ließ mich Myriam wissen.
„Und sie …", hat mit dir gesprochen, hätte ich schier gesagt, „äh was hat sie gemacht?"
Gerade noch mal die Kurve gekriegt, das war knapp. Ich konnte doch nicht zugeben, dass ich mit einer Katze spreche, das könnte ungeahnte Folgen haben. Ich halte mich selbst schon für bekloppt, was sollen denn da andere meinen, reif für den Psychologen und ab in die Geschlossene.
„Na Herr Garcia wie geht's uns denn heute, haben sie die Katze wiedergesehen und was hat sie denn so alles erzählt?"
Nein auf so etwas habe ich null Bock! Andererseits musste ich wissen, ob Myriam auch mit ihr spricht.
„Und wie findest du die Mieze Myriam?"

„Sie ist wie alle Streuner, heult und miaut so lange rum, bis du ihr was zum Essen gibst und wenn sie hat, was sie will, bist du Luft."
„Du hast ihr also zu Essen gegeben?"
„Ja die letzten drei Morgen, heute war sie noch nicht da. Ich sah, dass du Katzenfutter gekauft hast und hab dann die Dosen und die Katzenmilch nachgekauft, die ich ihr gefüttert habe."
„Und sie war die letzten drei Morgen hier und hat sozusagen bei dir gefrühstückt?", ich musste mich zusammenreißen, um nicht laut heraus zu lachen.
So ein durchtriebenes Stück, aber es galt noch herauszubekommen, inwieweit sie bei Myriam vorstellig wurde.
„Sonst ist dir an der Katze nichts aufgefallen Myriam?"
„Was soll mir an der schon aufgefallen sein, es ist halt eine schwarze Katze, hat aber kein Halsband, also wird sie niemandem gehören, ein Streuner halt, der dich nicht mehr kennt, wenn er den Magen voll hat", sagte Myriam und nahm die leeren Tassen mit in die Küche.
So war meine Perle, gerade heraus und ohne Illusionen, dem Realismus zugeneigt. Ich konnte also davon ausgehen, dass die Mieze nur mit mir sprach, darüber war ich froh, so konnte ich es für mich behalten. Und Balou, um den musste ich mir wirklich keine Sorgen machen, der war ausgekochter als mancher Mensch. Ich mache mir Sorgen, dass er Hunger schieben muss und er frisst sich unter tags durch meine Speisekammer, raffinierter geht es wirklich nicht.

2. Einblicke ins Katzenleben

Eine Schüssel mit Huhn und Katzenmilch standen schon auf der Terrasse, ich wollte mich nicht auffordern lassen. Heute kam die Mieze ziemlich spät und so wie mir schien ein wenig außer Atem.
„Hallo Balou, alles in Ordnung? Du machst den Eindruck, als wenn du ein wenig außer Atem bist."
„Du wohnst wirklich in einer üblen Gegend, zwei Minuten nicht aufgepasst und schon hat man Ärger mit dem alten bösen Kater aus dem Viertel, der bräuchte schon allein für sein Aussehen eine Ausnahmegenehmigung, so ein böser Spießgeselle", presste Balou die Worte heraus.
„Was ist denn passiert?", fragte ich nach, obwohl ich nicht wirklich mit einer Antwort rechnete.
Ich hörte schon, du bist zu neugierig, oder du fragst zu viel. Erstaunt vernahm ich, dass Balou doch antwortete.
„Hier im Barranco lebt ein übergroßer ganz schlimmer Kater, ein Kinderfresser, der nur auf Krawall aus ist. Der verkloppt alles, was nicht schnell genug die Flucht ergreifen kann. Einen kurzen Moment habe ich meine Tarnung vergessen und dann stand das Untier vor mir, böse fauchend mit weit aufgerissenem Rachen. Ich begann sofort mit der Flucht, aber der ist für sein Alter noch sehr schnell und wenn du so einen am Schwanz hast, ist es mit der Tarnung aus, da hilft dann nur Geländekenntnis und Mut."
Mut dachte ich, auf der Flucht Mut. Aber egal Balou hat fast ein Buch erzählt, also zumindest für seine Begriffe. Zu meiner Verwunderung setzte er noch einmal an:
„Aber dieses Mal hat er sich mit dem Falschen angelegt. Ich bin so schnell ich konnte gerannt, dann einen knallharten Stopp, einen Sprung durch ein Gebüsch und ganz langsam zum anderen Ende der Terrasse gelaufen. Der Kinderfresser kannte die Terrasse noch nicht und sprang mir im vollen Lauf hinterher, machte eine Bauchlandung, schlitterte auf

dem Boden der Terrasse mit hoher Geschwindigkeit gegen die Hauswand, das hat ganz schön geklatscht und ich konnte mich in Sicherheit bringen."

Er ging zu den Schüsseln und schaute mich an; war das etwa ein dankbarer Blick? Er ließ mich an seinem Leben teilhaben und erzählte mir eine Geschichte von Anfang bis zum Ende, vielleicht bestand ja doch noch die Hoffnung, dass er mal was über Mogli erzählt.

„Du hast dich aber sehr geschickt angestellt Balou, das geschieht dem Alten ganz recht."

„Ja, wie ich sagte, Geländekenntnis und Mut. Weißt du, wie schwierig es ist langsam zu laufen, wenn deine Füße wegrennen wollen? Das kostet Selbstüberwindung und vor allem Training, sonst funktioniert so was nicht. Aber es war ein Erfolgserlebnis, als ich den Klatscher hörte; ist mir der Kinderfresser doch auf den Leim gegangen. So, ich muss gehen, wir sehen uns morgen wieder."

Balou verschmolz mit der Dunkelheit und war weg, ich konnte ihn nicht mal fragen, was er morgen zum Fressen wollte. Zum Glück hatte ich alle Katzenmenüs gekauft, die es gibt, dann kann ich ihm morgen ja wieder die Wahl lassen, die er mir noch nie gelassen hat.

***

So ein Katzenleben schien hier nicht gerade einfach zu sein. Katzen haben ihr Revier und da wo es zu Überschneidungen kommt, herrscht Krieg. Der Barrancokater, den Balou als Kinderfresser bezeichnet, schien der uneingeschränkte Herrscher in meinem Viertel, also hinter dem Haus zu sein. Vor dem Haus lebten nur die von Balou sogenannten Hauskatzen, die verängstigt unter den Autos herumschlichen und die Weichlinge der Wildkatzen, die jeden um Fressen anbettelten und immer am rum miauen waren. Sie standen aber im Rang ein wenig höher als die Hauskatzen, das konnte ich aus den Erzählungen meiner Nachbarn heraushören. Die

Hauskatzen hatten solche Angst vor anderen Katzen, dass sie zu Salzsäule erstarrten, wenn sie eine der Wildkatzen in ihrer Nähe sahen. Das wiederum machte die feigen Wildkatzen zu Mundräubern, sie bedienten sich, während die Hauskatze mit einem Herzstillstand kämpfte, an deren prall gefülltem Futternapf. Es schien in der Katzenwelt alles geregelt zu sein. Der Einzige, der sich nicht über die Menschen ernährt, schien der Kinderfresser zu sein, der scheint noch zu jagen und auf die alte, herkömmliche Weise zu leben. Vielleicht war er deshalb auch so aggressiv und sieht hinter jeder anderen Katze einen potenziellen Konkurrenten, der ihm in seinem Revier das Fressen streitig macht. Da kann ich nur hoffen, dass Balou die nächste Zeit das Nichtdasein, obwohl er da war, ernst nimmt. Ich konnte mir gut vorstellen, dass der Barrancokater nicht gut auf Balou zu sprechen war, vor allem nach dem Wandklatscher von heute. Böse Sache, sich beim Herrscher des Viertels unbeliebt zu machen. Im normalen Kampf würde Balou keine Chance haben, er ist vielleicht halb so groß wie der Kinderfresser. Doch sein Trick mit den rutschigen Fliesen, seine Reduzierung der Geschwindigkeit, die Gabe seine Angst unter Kontrolle zu haben gab mir Hoffnung, dass er noch weitere Ideen hat, sollte er in Schwierigkeiten geraten. Er schien mir eine schlaue Mieze zu sein, die mit allen vier Pfoten im Katzenleben steht.

***

„Hola Balou, heute bist du aber früh dran und du kommst einfach durch die Pflanzen, ohne dich zu tarnen, lässt dich gleich sehen."
„Ich bin schon eine Weile hier", sagte er.
„Ach so, das ist mir gar nicht aufgefallen", bemerkte ich.
„Das ist ja auch der Sinn meiner Tarnung, nicht gesehen zu werden", erwiderte die Mieze.

Jetzt waren wir wieder beim Niveau der anfänglichen Konversationen, einfach schräg.
„Was willst du heute zum Essen, ich habe …“, Balou fiel mir ins Wort und meinte:
„Es ist nur wichtig, dass es etwas anderes als gestern ist, ich mag nicht zweimal hintereinander das Gleiche essen.“
Ich bereitete ihm seine zwei Schüsseln und setze mich hin.
„Ich glaube, ich habe Probleme, echte Probleme“, gab die Mieze von sich.
„Warum, was ist denn los?“
„Die Futterstelle von zwei meiner Brüder ist weggefallen, die alte Frau scheint nicht mehr dort zu wohnen. Seit zwei Tagen macht sie die Rollläden nicht mehr auf und es ist ganz ruhig im Haus“, sagte Balou mit besorgter Stimme.
„Hat es das schon mal gegeben?“, fragte ich alarmiert.
„Nein Mick und Rafa kommen da schon über 2 Jahre jeden Tag hin und bleiben auch mal ein paar Tage bei ihr, die alte Frau war immer da“, antwortete er mir.
Da Katzen ihrem Revier treu sind, vermutete ich, dass die Futterstelle von seinen Brüdern hier in der Nähe sein könnte und ich hatte eine Befürchtung.
„Kannst du mir zeigen, wo die alte Frau wohnt, ich kann aber nicht durch den Barranco gehen, wir müssten das Haus von der Straße aus suchen, geht das Balou?“
„Ich gehe durch den Barranco und warte dann vor dem Haus auf dich, es gibt einen Baum im Garten an der Straße, der hat Blüten, die so aussehen wie das laute Blech, das die Menschen bei Festen spielen, dort warte ich auf dich“, meinte Balou und schon war er weg.
Das laute Blech, das die Menschen bei Festen spielen, gedanklich ging ich die Vorgärten in der Nähe durch und es stimmt, in der Straße, die nach unten führt, gibt es einen Busch, der solche Blüten hat, einen jungen Trompetenbaum.
Ich nahm das Auto, weil ich aus meiner Straße rausmusste, um über einen großen Umweg in die untere Straße des Barrancos zu kommen. Luftlinie waren es von meinem Haus

aus nur 150 Meter, aber mit dem Umweg ca. 3 Kilometer. Es stimmt, in der unteren Etage wohnt eine ältere Dame, eine Deutsche, wenn mich nicht alles täuscht. Ich kam vor dem Haus an und aus dem Baum hörte ich die Stimme von Balou:
„Du hast aber lange gebraucht, hier ist es ganz unten."
Alte Nörgelkatze dachte ich und drückte alle drei Klingeln am Haus, doch es schien niemand zu Hause zu sein. Noch einmal drückte ich die Klingeln, aber wieder nichts. Erst jetzt sah ich einen älteren Herrn, der interessiert zu mir herüberschaute.

***

„Usted sabe si la señora de la primera planta está en casa?", fragte ich.
"Nix sprechen Spanisch, nur deutsch", strengte sich der Herr an sich verständlich zu machen.
„Kennen sie die ältere Dame, die im unteren Stock wohnt", gut, dass ich mehrsprachig aufgewachsen bin?
„Ja, warum, was ist den los?", fragte er neugierig.
„Ist sie zu Hause?"
„Ich denke schon, sie hat mal nichts gesagt, dass sie weggeht."
„Gut das ist jetzt nur eine Vermutung, aber es könnte sein, dass ihr etwas passiert ist, denn seit 2 Tagen rührt sich in ihrer Wohnung nichts mehr."
„Woher wissen sie das?", fragte der Herr.
„Ich?", schluck, ja richtig was sage ich jetzt.
Eine Katze hat mir das gesagt, geht ja wohl eher nicht.
„Ein guter Freund, der sie kennt, macht sich Sorgen", antwortete ich.
„Ich habe einen Schlüssel für die Wohnung, dann können wir nachschauen was ist, hoffentlich ist nichts passiert", der ältere Herr war richtig aufgelöst vor Sorge.
Er schloss die Tür auf und ging die Treppen nach unten, klingelte und klopfte, horchte und als sich nichts tat, schloss

er die Wohnungstür auf, klickte das Licht an. Ich konnte ein leises Stöhnen hören und sah die Frau auf dem Boden liegen. Sofort ging ich auf die Knie und sah, dass sie ihre Augen geöffnet hatte.

„Ich bin gefallen und muss mir den Fuß gebrochen haben, ich komme nicht mehr hoch“, sagte sie mit schwacher Stimme.

Ihr Bein lag leicht verdreht da und ihre Hände waren unterkühlt. Ich rief die Leitstelle an und die versicherte mir, dass der Krankenwagen schon auf dem Weg ist. Den Nachbarn schickte ich auf die Straße, um auf den Krankenwagen zu warten. Ich hielt der Frau die Hand und sie sagte:

„Es muss sich jemand um meine zwei Lieblinge Rafa und Mick kümmern, solange ich weg bin, die haben sonst nichts zu essen, können Sie bitte dafür sorgen, dass meine Katzen versorgt werden? Sie brauchen nur Essen, ansonsten leben sie draußen. Aber es wäre mir schon wichtig, dass das zuverlässig funktioniert.“

Da war es wieder, das große Herz eines Katzenfreundes, liegt zwei Tage in der Wohnung, bestimmt mit üblen Schmerzen verbunden und denkt an seine Katzen.

„In der Küche im ersten Schrank, unten, ist genügend Futter für mindestens einen Monat, Sie nehmen einfach meinen Schlüssel“, sagte die Frau leise, aber bestimmt.

Dann kamen die Sanitäter und brachten Inge ins Krankenhaus. Danach sprach ich mich mit Robert, dem Nachbarn ab und der fand es gut, dass ich mich um die Katzen kümmern sollte. Ich machte die Rollläden hoch und öffnete die Terrassentür und schon blickte ich in die Gesichter von Balou und seinen Brüdern Rafa und Mick.

„Also Balou“, in dem Moment glaubte ich zu sehen, dass Balou den Kopf leicht schüttelte.

Sollte das heißen, dass ich nicht mit ihm sprechen soll?

„Ihr zwei habt Glück, Inge die ältere Dame will, dass ihr hier weiter gefüttert werdet.“

Um Mick und Rafa zu zeigen, dass die mageren Tage vorbei waren, ging ich in die Küche, nahm eine Dose und suchte nach Schüsseln, die ich schließlich auch fand. Sie schlichen mir um die Füße, schnurrten in allen Tonlagen während ich ihnen ihr Essen bereitete. Und das sollen Brüder von Balou sein, die haben doch ganz andere Gene wie er, wie normale Katzen halt. Aber stopp, Balou war ja keine normale Katze. Die zwei fielen über die Schüsseln her und man konnte sehen, dass sie richtig Hunger hatten, Balou saß ein bisschen abseits und beobachtete seine Brüder. Balou miaute, seine Brüder hoben kurz den Kopf und dann verschwand er. Rafa und Mick legten sich in einen großen Steingrill, in dem Kissen lagen und ich musste an gegrillte Katze denken, es ist schon komisch, wenn Dinge zweckentfremdet werden. Zu Hause angekommen konnte ich es kaum erwarten, auf die Terrasse zu gehen. Inge hatte Glück gehabt, dass sie die Katzen fütterte, wie oft liest man, dass so etwas nicht gut ausgeht. Ich saß in meinem Stuhl und versuchte zwischen den Pflanzen Balou zu entdecken, aber der musste wieder unsichtbar sein und schwarzer Schatten spielen, sehen konnte ich ihn nicht.

„Balou, bist du da“, fragte ich?

„Ja, ich wollte dich nur nicht erschrecken und habe gewartet bist du mich rufst“, hörte ich seine Stimme aus dem Grün.

„Gut, dass du zu mir gekommen bist, so konnten wir der alten Frau helfen“, meinte ich und sah Balou zwischen den Töpfen auftauchen, „ja, Balou, du hast ihr das Leben gerettet.“

„Nein“, sagte Balou, „sie hat sich selbst gerettet, weil sie gut für meine Brüder sorgt.“

„Du Balou sag mal, du wolltest vorher nicht, dass ich vor deinen Brüdern mit dir Rede, habe ich dein Kopfschütteln richtig verstanden?“

„Ja, es wäre gar nicht gut, wenn jemand wüsste, dass ich mit dir spreche, eine Katze, die mit einem Menschen spricht, das wäre schlecht für mein Image.“

Die Mieze hat die gleichen Probleme wie ich, das war schon lustig. Wenn herauskommen würde, dass sie mit mir redet wäre ihr Image angekratzt. Vielleicht gibt es auch einen Katzenpsychiater für so etwas, man weiß ja nie. Also brauchte ich mir auch keine Sorgen zu machen, dass sich Balou einmal verplappert.
„Deine Brüder sehen dir aber nicht ähnlich“, wandte ich mich an Balou. „Warum die sehen doch aus wie Katzen, oder?“
„Ja schon, aber du bist schwarz, Rafa ist Kaffeefarben und Mick ist schwarz-weiß.“
„Ach das ist normal, die Farbe kann bei jedem anders sein, das hat nichts zu sagen.“
„Du sorgst also für deine Brüder?“, fragte ich vorsichtig, um die Mieze nicht zu überfordern und um keine Abfuhr zu erleiden.
„Ja, die haben noch keine Ernsthaftigkeit in sich, ich schon, ich wurde von Onkel Mogli unterrichtet, der hat mir alles beigebracht, was im Leben wichtig ist. Weißt du Onkel Mogli ist ein Held unter uns Katzen, er rettete meine jüngeren Geschwister und mich vor dem Kinderfresser. Unsere Mama war zum Essen gegangen und wir spielten um unsere Höhle herum, in der wir damals lebten. Auf einmal sah ich, dass meine jüngeren Geschwister wie angewurzelt dastanden und mir mit Angst in ihren Blicken über den Rücken schauten. Ich drehte mich langsam um und sah in das zerschundene Gesicht des Kinderfressers. Wir waren gerade Mal ein paar Monate alt und er hat einen von uns als sein Mittagessen ausgeguckt. Es war nicht das erste Mal, dass er so etwas machte. Er war ein Kannibale, ein Kinderfresser eben. Wir wurden von ihm in die Höhle gedrängt und obwohl wir fauchten, was das Zeug hielt, schien das keinen Eindruck auf ihn zu machen. Der Kinderfresser kam immer näher und wir miauten so laut es ging, aber das interessierte ihn nicht. Langsam schlich er auf uns zu und schnappte meine kleine Schwester, drehte sich um und wollte gerade verschwinden,

da hörte ich Onkel Mogli, der sich auf ihn stürzte, sodass ihm meine Schwester aus dem Maul fiel. Die rannte zurück in die Höhle und kauerte sich an die hintere Wand, klar sie war eigentlich schon tot und hatte nicht mehr damit gerechnet, aus dieser Situation herauszukommen. Onkel Mogli war schnell und versetzte ihm Hiebe ins Gesicht und biss ihn in den Schwanz. Vor Wut schäumend versuchte der üble Kater, Onkel Mogli zu verdreschen, aber seine Schläge gingen ins Leere, Onkel Mogli war einfach zu schnell. Er brachte immer mehr Abstand zwischen den Kinderfresser und die Höhle und verpasste ihm einen Schlag nach dem anderen und biss ihn ganz gezielt auch noch in die Pfoten. Durch den Lärm und das Gezeter wurden mehr und mehr Familienmitglieder angelockt und standen Onkel Mogli zur Seite, griffen gemeinsam den Kinderfresser an. Unsere Mama sprang in die Höhle, leckte die Wunden meiner Schwester und baute sich als Schutzschild vor uns auf. Der Kinderfresser setzte zur Flucht an und sprang in das Dickicht, nicht ohne ein paar Büschel Haare zu verlieren. So hat uns Onkel Mogli damals das Leben gerettet."

***

Das war Mogli, jetzt wurde mir auch klar, warum er immer, wenn er den Kinderfresser hörte sofort in den Kampfmodus schaltete. Dass Mogli eine ganz tiefe Abneigung gegen diese Katze hatte konnte ich schon damals, als er noch bei mir ein und aus ging, feststellen. Immer wenn Mogli die Nackenhaare aufstellte und sein Schwanz buschig wurde wusste ich, dass der Schläger, wie ich den Kinderfresser nannte, nicht weit sein konnte. Aber Mogli hat mir gegenüber nie ein Wort über diese Geschichte verloren. Er hatte die Angewohnheit nur Fragen zu stellen, aber keine Fragen zuzulassen, geschweige denn zu beantworten. Nein Mogli hatte seine eigene Welt, so wie Balou und wenn man die beiden Miezen besser kannte, merkte man schon, dass sie

miteinander verwandt waren. Klar der Neffe Balou war stolz auf seinen Onkel Mogli und die Erzählung vom Kampf mit dem Schläger lässt vermuten, dass Mogli in seiner Familie ein wahrer Held ist.
„Sag mal Balou, wie konnte der Kinderfresser in euer Revier eindringen, ohne dass es deine Familie gemerkt hat?“, fragte ich beiläufig.
„Wir waren, so wie mir das Onkel Mogli später erklärte, als Familie nicht richtig organisiert. Erst nach diesem Vorfall hat Onkel Mogli Strukturen geschaffen und die Innen- und Außenpostenwächter eingeführt. Unser Revier war dann das sicherste in der ganzen Stadt und seit dem Überfall ist nichts mehr vorgefallen. Das dürfte aber auch vor allem damit zusammenhängen, dass Onkel Mogli die Arbeit als Oberaußenpostenwächter übernahm und immer im Grenzgebiet unterwegs war und alles im Keim erstickte, was uns gefährlich hätte werden können. Nach dem Schock den wir erlitten hatten, als wir unsere Schwester im Maul des Kannibalen sahen, meldeten sich die Älteren der Familie freiwillig, aber Onkel Mogli bestand darauf jeden von ihnen einzeln auszubilden und erst als er sich ganz sicher war, was für Gaben sie hatten, wollte er sie den verschiedenen Posten zuteilen“, erklärte mir Balou ganz stolz.
Das Telefon klingelte und Inge meldete sich aus dem Krankenhaus. Sie musste eine Woche bleiben und fragte ob das für mich in Ordnung sei. Ich beruhigte Inge und erklärte ihr, dass ich gerne auf ihre Lieblinge aufpasse und ihnen zu Essen gebe.

***

Meine Katzenwoche begann. Morgens vor der Arbeit schnell bei Inge vorbeischauen und die Schüsseln füllen. Das gleiche abends nach der Arbeit. Rafa und Mick überschlugen sich schier, wenn sie mich sahen und streiften mir so durch die Beine, dass ich oft aufpassen musste nicht über sie zu

stolpern; auf jeden Fall waren die ein lustiges Duo, einfach normale Miezen. Sie ließen sich streicheln und schnurrten die Tonleiter rauf und runter. Rafa wollte auf den Arm genommen werden und Mick reihte sich ein und wartete ungeduldig bis er dran war eine extra Streicheleinheit im Nacken abzubekommen. Aber ich würde sie nicht gegen Balou eintauschen wollen, denn mir gefiel das Unberechenbare, man wusste nie was als Nächstes kam. Balou kam immer noch jeden Abend und schon sein Auftauchen war eine Show für sich. Nörgeln hier und nörgeln da, tagelang verschlossen und dann sprudelte er wieder wie ein Buch, aber nur wenn er wollte. Irgendwie hatte ich das Gefühl, dass er viel wissen wollte, aber nicht unbedingt viel preisgeben. Dann war er wieder richtig kooperativ, nur eine klare Linie schien praktisch unmöglich. Da Mogli ähnlich gestrickt war vermutete ich, dass ihr Verhalten gegenüber den Menschen, mit denen sie sprechen, für sie selbst ganz normal war. Vielleicht wollten sie sich einfach nicht vereinnahmen lassen. Katzen hatten eben etwas sehr Geheimnisvolles an sich, vor allem die sprechenden Miezen. Balou war schon sehr früh gekommen, ich merkte aber, dass ihn irgendetwas beschäftigte.
„Kann ich dir helfen Balou, du siehst so bedrückt aus?"
Er schaute mir in die Augen und sagte ganz leise:
„Ihr Menschen seid ein Rätsel für mich, warum versucht ihr alles zu besitzen?"
„Könntest du mir das genauer erklären Balou?"
„Also, meine Cousine hat eine Tochter, die heißt Nuri und die wird von einer Frau gefangen gehalten."
„Wie gefangen gehalten und wo gefangen gehalten?"
„Also die Kleine war im Revier, bei den Häusern, spielen, das ist normal nicht gefährlich, aber dann wurde sie von der Frau in ihr Haus gelockt und seitdem lebt sie dort als Gefangene und darf nicht mehr raus. Sie braucht doch ihre Familie und muss raus an dem Haus, sonst verwandelt sie

sich nach und nach in eine Hauskatze und dann ist sie verloren."
Das hörte sich bedrohlich an und muss für die Familie von Balou der blanke Horror sein, eine Hauskatze, alles andere aber ja keine Hauskatze werden.
„Bist du dir sicher, dass sie im Haus ist?"
„Ja, ganz sicher, ich habe immer wieder vorbeigeschaut und hab sie mehrmals am Fenster gesehen. Sie macht einen verzweifelten Eindruck."
„Die Situation ist nicht einfach Balou, wenn sie eine wilde Katze ist, also niemandem gehört kann man gegen die Frau nichts unternehmen. Die Gesetze sind hier ganz eindeutig."
„Das mag schon sein, aber verstehst du mich nicht, Nuri hat eine Familie und es kann doch nicht sein, dass man einfach gefangen genommen wird."
„Balou, gib mir bitte bis morgen Zeit, ich werde mir die Angelegenheit durch den Kopf gehen lassen."

***

Mir kam es so vor, als ob ich nach und nach, mehr und mehr zu einer Katze mutierte, zumindest deren Probleme zu meinen machte. Aber was soll´s, ich war nun mal der Ansprechpartner von Balou und wir hatten ein Problem. Am nächsten Tag hörte ich mich in der Nachbarschaft um und recht schnell konnte ich in Erfahrung bringen, wer Nuri gekidnappt hatte. Das ist das Gute auf einer Insel, wir sind beinahe alle miteinander verwandt, oder jeder kennt jeden. Ich nutzte schon mal den Buschfunk, um Señorita Mercedes vorzuwarnen, dass ich ihr mittags einen Besuch abstatten werde. Ich machte mir Gedanken um Balou. Er hatte schon viel um die Ohren, vielleicht ist er deshalb die meiste Zeit so introvertiert. Ich dachte immer so ein Katzenleben ist schon was Feines, den ganzen Tag verschlafen, immer vom Feinsten zum Essen und einfach keinen Stress, aber so wie es aussah war das eine total falsche Einschätzung der

Tatsachen. Ich drückte die Klingel und Señorita Mercedes öffnete mir die Tür.
„Und sie wollen mir jetzt mein Kätzchen wieder wegnehmen?“, eröffnete sie sichtlich beleidigt das Gespräch.
„Na ja, ich kann ihnen eigentlich nichts wegnehmen, was ihnen gar nicht gehört“, antwortete ich freundlich und so gewinnend wie möglich.
„Aber die Kleine hat es doch gut bei mir und ich habe doch den Platz und die Zeit für ein Kätzchen“, jammerte sie.
„Señorita Mercedes sie können sich doch ein Kätzchen aus dem Tierheim nehmen, dann tun sie sich was Gutes und dem Kätzchen auch“, versuchte ich die Wogen zu glätten.
„Ja das werde ich versuchen“, antwortete sie und gab mir Nuri, die wirklich noch sehr klein war in die Hand.
Ich drückte sie an mich und erhielt sofort ein Schnurren als Belohnung. Nuri sah aus wie eine Schneeflocke mit einem Touch von Café con Leche. Balou staunte nicht schlecht, als er Nuri auf der Terrasse rumtollen sah.
„Danke ich bin dir was schuldig.“
Das war wieder echt Balou, kein wie hast du das fertig bekommen, oder war es schwer, doch halt was hat er gesagt, er sei mir was schuldig.
„Okay Balou, ich möchte, dass du mir alles über Mogli erzählst, nachdem er mich verlassen hat.“
„Mogli hat dich nicht verlassen, aber das erzähle ich dir morgen, ich muss mich jetzt um Nuri kümmern, die muss zu ihrer Mutter zurück und ich möchte den Weg nicht bei Dunkelheit gehen.“

***

Den ganzen Tag freute ich mich auf diesen Abend. Endlich war es so weit, endlich Informationen über Mogli aus erster Hand. Mogli hat mich nicht verlassen, aber er war doch auf einmal nicht mehr da. Das hörte sich mysteriös an, aber ich musste mich nur noch ein wenig gedulden, dann erfuhr ich

nach so einer langen Zeit alles, was ich wissen wollte. Ich saß früh genug auf der Terrasse und schaute ganz gespannt in Richtung meiner Topfpflanzen. Bei jedem Geräusch und jedem Lufthauch bekam ich Gänsehaut.
„He schläfst du, he du aufwachen?“
Balous Stimme passte so gar nicht in meinen Traum.
„Hä, was ist los?“
Langsam wachte ich auf und vor mir saß Balou, der mich musterte und noch eine Katze, die meine Terrasse ablief und in die zwei Schüsseln schaute, wie elektrisiert hochguckte und dann ihren Kopf in einer Schüssel versenkte. Balou schien das nicht zu stören, er blieb ganz locker. Das hätte ich mir mal erlauben sollen.
„Also das ist Paddy er ist vor kurzem zugezogen, er kommt aus einem fernen Land, aus einer Stadt, die auch ein Land ist, die sie dort Humberg nennen.“
Paddy schaute aus der Schüssel heraus und miaute leise und Balou sagte: „Ähm, Hamburg“, sagt er.
„Also ich mach es kurz, was willst du von Mogli wissen?“, fragte Balou.
„Alles was geht“, antwortete ich schnell.
„Gut dann die Geschichte von vorne. Paddy hat Mogli durch seinen Kumpel Kalle kennengelernt, eben in diesem Hamburg. Da Kalle wusste, dass die Menschen, die bei Paddy wohnten, umziehen wollten, besuchte Kalle Paddy mit seinem Kumpel Mogli. Bei diesem und weiteren Besuchen erzählte Mogli Paddy alles über seine Familie, auch über seinen Menschen, den er sich hielt, der aber soweit in Ordnung war, aber vor allem sprach er über das Leben auf Tenerife. So den Rest der Geschichte erzählt Paddy, da er kein Sprachwandler ist, werde ich seine Ausführung wandeln, dass du sie verstehen kannst. Und jetzt noch eine Kleinigkeit, ich habe Paddy „all-inklusive“ versprochen, also essen und trinken bis er nicht mehr kann. Ich esse jetzt noch schnell und dann können wir anfangen.“

Ich musste feststellen, dass die Katzen unter einander gut vernetzt waren. Der absolute Vorteil war, dass sie, so wie es scheint überall die gleiche Sprache sprechen, sonst könnte Balou Paddy nicht verstehen und umgekehrt. Nachdem die Beiden ihren Nachschlag verputzt hatten setzten sie sich in meine Nähe und ich hörte eigentlich nur Balou, aber das war sehr gut, so konnte ich mich richtig auf die Geschichte konzentrieren.

3. Nachrichten von Mogli

„Es war irgendwann am Ende eines Jahres, da kam eine ältere, dicke Frau, die Margot hieß zu dir und wollte Mogli sehen. Sie sagte, sie sei extra vorbeigekommen, um ihn zu besuchen, denn als sie im letzten Urlaub neben deinem Haus gewohnt hatte, wäre Mogli immer zur ihr auf Besuch gekommen und hätte sich von ihr verwöhnen lassen, mit Essen und Streicheleinheiten. Mogli lag auf dem Sofa und du hast ihn nicht wecken wollen, weil er erst früh am Morgen heimgekommen sei. Sie bohrte nach, doch du bist hart geblieben. Sie erzählte noch, dass sie im Hotel am Ende der Straße wohnen würde, aber nur noch wenige Tage hier sei. Mogli hat alles mitgehört und sich vorgenommen, sich später um die Delikatessen zu kümmern, die die Frau bestimmt dabeihatte. Am Abend suchte er dann das Hotel ab und fand heraus, dass sie unten wohnte, auch weil auf der Terrasse eine Schüssel stand. Und so wurden diese Tage für Mogli wie ein Urlaub im Schlaraffenland, die kleinen Schälchen, die Päckchen mit dem Gelee um die Fleischstückchen, Trockenfutter, Katzenmilch und Zahnreinigungsstangen in verschiedenen Geschmacksrichtungen, was will die Katze mehr, das bin ich mir wert, dachte Mogli gut gelaunt.“
Ich konnte mich erinnern, dass ich mich wunderte, dass er kaum noch zum Essen kam bevor er verschwand und das, was ich jetzt erfuhr, machte die Situation von damals plausibel.
„Mogli schlemmte sich durchs Paradies und wachte dann eines Morgens in einer Box auf und hatte schreckliche Schmerzen im Kopf und war ein wenig verstört, weil er so was nicht kannte. Er wischte sich die Augen und konnte sehen, dass die Box auf dem Schoß von Margot stand und diese wiederum in einem Auto saß. Als das Auto stoppte, kam sie mit einem Ding an, das rollte und lud ihr Gepäck auf und stellte die Box mit Mogli obendrauf. Ohne Unterlass hat

sie auf ihn eingesprochen, ihm beruhigende Worte zugeflötet, Mogli war aber zu fertig und geschockt, bei ihm kam nichts an. Dann ging es in eine Halle, die so groß war, dass man darin hätte ein ganzes Dorf unterbringen können. Ein Gewimmel von Menschen, dann wieder Stimmen von der Decke, Hektik, tausend Gerüche und auf einmal standen sie in einer Schlange von Menschen, die Koffer liefen automatisch weiter, Margot brachte Mogli in der Box in ein Ding, das einem Vogel im Flug ähnelte. Sie sagte dazu Flugzeug. Sie setzte sich und stellte die Box mit Mogli neben sich. Durch einen Seitenschlitz schob sie eine Schale Katzenmilch in die Box. Als Mogli wieder aufwachte befand er sich in einem Haus und konnte durch eine Terrassentür in den Garten sehen, der ihm allerdings fremd vorkam, nichts Grünes und ein weißer Teppich war im ganzen Garten ausgebreitet. Das kann nicht wahr sein, dachte er, ich bin entführt worden, in ein Land wo Schnee liegt und die Natur zu Leben aufgehört hat, ja hat denn die Alte einen Knall. Na, die wird keine Freude an und mit mir haben, das ist jetzt schon sicher. Die weiteren Gedanken möchte ich nicht erzählen, denn die sind nichts für die Ohren der Menschen, die könnten zu leicht so erschrecken, dass sie den Katzen aus dem Weg gehen würden."

***

Margot gab sich alle Mühe, um an Mogli heranzukommen, der schnitt sie aber wo es ging und ließ sich von ihr nicht anfassen, fauchte und krallte. Der Garten war ein Hochsicherheitsverlies, umschlossen von einem zwei Meter hohen Zaun, mit der Besonderheit, dass er im oberen Bereich einen Winkel nach innen hatte und somit Klettern in die Freiheit nichts drin war. Unter dem Zaun befand sich eine Einfassung aus Betonplatten, also auch in die Freiheit graben war nicht möglich. Mogli war ein im Luxus

Gefangener. Immer wieder zog er durch den Garten, aber er sah keine Möglichkeit abzuhauen.

Im Frühling, als es wieder wärmer geworden war, wurden die Ausgänge von Kalle länger und ausgedehnter und so kam er am Garten von Mogli vorbei.
„Hallo Freund, wie geht es dir, hast du schon einen Weg nach draußen gefunden?“, fragte er ihn.
„Nein es ist zum Verzweifeln, das ist ausbruchsicher hier. Wer bist du eigentlich?“
„Ich bin Kalle und meine Menschen wohnen schräg durch das Wäldchen gegenüber.“
„Ich heiße Mogli und mein Mensch wohnt auf einer Insel die Tenerife heißt, aber die verrückte Alte, die hier wohnt, hat mich entführt und hier eingesperrt. Kennst du meine Insel und weißt du wie weit sie von hier weg ist?“
„Nein“, antwortete Kalle, „von der Insel habe ich bis heute noch nichts gehört, aber ich werde mich mal bei meinen Kumpeln umhören.“
„Wie ist denn dein Leben so Kalle, du scheinst ja in Freiheit zu leben?“, fragte Mogli neugierig.
„Ich kann zufrieden sein, meine Menschen sind wirklich nett und haben zwei Kinder, die mich sehr mögen und mit mir spielen. Ich kenne keine langweiligen Tage. Ich kann gehen und kommen wie ich will, die haben mir einen eigenen Eingang ins Haus gemacht, so bin ich unabhängig.“
„Man du hast es gut, ich habe einen Raum im Keller für mich und die Alte lässt mich in den Garten, aber hier ist auch nicht viel los.“
„Bekommst du wenigstens gutes Essen Mogli?“
„Ja, ich kann mich nicht beklagen, sie gibt mir auch Katzenmilch, die ich liebe, aber ich kann ihr nicht vergeben, was sie mir angetan hat. Das macht man doch nicht jemanden zu entführen und einsperren, oder was meinst du Kalle?“

„Du hast schon recht, da ist sie zu weit gegangen, so etwas darf nicht sein, das ist abgrundtief böse."
„Kalle, kannst du nicht immer wieder vorbeikommen, dass ich mich mit dir unterhalten kann, ich brauche eine Katze an meiner Seite, sonst gehe ich ein?"
„Aber klar doch Kumpel, ich kann dich gut verstehen und du kannst mir von deiner Insel erzählen und wir machen uns mal Gedanken, wie wir dich aus dem Verlies bringen, ohne dass die Alte was merkt, dass du auch ein bisschen die Freiheit genießen kannst", sagte Kalle, „also dann bis demnächst."
Kalle verschwand im Wäldchen.

***

Mogli war erleichtert jetzt einen Kumpel an seiner Seite zu wissen, er war noch nie so lange alleine gewesen und vermisste seine Familie und sein Revier, seine Insel und auch seinen Menschen. Bei dem hatte er einige Zeit seine Futterstelle und oft musste er an das verwunderte Gesicht seines Menschen denken, wenn er ihm wieder einmal eine Katzenweisheit nahegebracht hatte. Ihm war aufgefallen, dass es hier anscheinend keine Wildkatzen gibt, denn außerhalb des Zauns konnte er zwar Tiere sehen, aber keine Katzen. Wieder und wieder schlich er am Zaun entlang und suchte nach einer Schwachstelle, aber es war nichts zu finden. Er versuchte es mit klettern, doch dann kam der Knick nach innen und der war nicht zu überwinden. Der Abstand zwischen Zaun und Beton ließ gerade mal die Pfote von Mogli durch. Es war zum Verzweifeln, der Weg in die Freiheit war versperrt. Er war im goldenen Käfig gefangen und hätte diesen gerne für seine Freiheit eingetauscht. Das war kein Leben für ihn, er sehnte sich so stark auf seine Insel zurück.
„He Mogli, Lust auf eine Unterhaltung?"
Kalle stand am Zaun und schaute in den Garten.

„Das bringt dich auf andere Gedanken", meinte er.
„Kalle, das ist schön, dass du mich nicht vergessen hast."
„Da brauchst du keine Angst zu haben, ich weiß, dass das Leben, das dir die Alte aufdrängt, nicht dein Leben ist, außerdem wirst du deine Familie und deine Kumpel vermissen", sagte Kalle.
„Oh wie Recht du hast, einmal wieder durch das Revier streifen, nach den Jungen schauen und meinen Menschen beobachten, das wäre zu schön, um wahr zu sein. Wie ist das eigentlich Kalle, gibt es bei euch auch wilde Katzen, Futtergänger und Hauskatzen, oder wie ist das hier geregelt?"
„Also wilde Katzen gibt es nur noch in den großen Wäldern, die sind so scheu, dass sie nie aus dem Wald herauskommen. Es gibt ein paar Streuner, die aber meistens eine feste Anlaufstelle zum Essen haben und die Mehrzahl sind Hauskatzen, die ihre Menschen haben und fest mit denen zusammenwohnen."
„Also ist der Wald hier kein Revier einer Katze oder Familie?", interessierte sich Mogli.
„Nein hier in Hamburg sind wir schon lange von der Zeit entfernt, als es noch freie Katzen gab. Wenn du keinen Menschen hast, vor allem kein Zuhause und dich die anderen Menschen in der Nachbarschaft nicht kennen und nicht wissen wo du wohnst kann das dein Leben kosten; dann kann es sein dass du erschossen wirst, wenn du auf einen Jäger triffst, oder noch schlimmer in einen Käfig, in Häuser, die sie Tierheime nennen, kommst", erklärte Kalle.
Ein gefährliches Land, sehr gefährlich für eine Katze wie Mogli, Tierheime und Käfige, das kannte er auch von Tenerife, aber erschossen, das hörte sich einfach nur schlimm an, auf Tenerife schießen Jäger nur auf Hasen. Ab und zu konnte es vorkommen, dass ein Jäger auch auf eine Katze anlegte, doch das ist dann aus Versehen, weil er was getrunken hatte, was ihn nicht mehr richtig sehen ließ, aber die treffen dann auch nicht.

4. *Flucht aus dem goldenen Käfig*

„Ich habe viel nachgedacht, aber der Zaun ist ein unüberwindliches Hindernis, doch sag mal Mogli, bei euch kommt doch ein Gärtner und ich habe frischen Gartenabfall hier im Wäldchen gesehen?“, fragte Kalle.
„Ja, du hast recht einmal die Woche ist ein Mann da, der im Garten beschäftigt ist. Doch der verscheucht mich, sobald er mich im Garten sieht und schmeißt, wenn ich ihm zu nahekomme, mit Steinen nach mir“, antwortete Mogli.
„Dann hast du noch nie gesehen, was er mit dem Abfall macht, oder?“
„Nein, denn ich wollte nicht in seiner Nähe sein und habe mich immer, wenn er da war, in die andere Ecke des Gartens verkrümelt.“
„Mogli wir haben die Lösung, wenn der Gärtner da ist brauchst du ein Versteck in der Nähe der Gartentüre, die ins Wäldchen geht. Komm lass uns schauen, wo du dich am besten verstecken kannst. Mogli kommst du endlich.“
„Ich bin schon da Kalle.“
„Hä, ich kann dich aber gar nicht sehen, wo bist du denn?“
„Schau mal direkt unter den Busch, Kalle.“
„Du bist ein Teil des Gartens Mogli, das ist ja perfekt.“
„Ja, ich habe mit meinen Jungs auf Tenerife das Nichtdasein, obwohl ich da bin geübt und ich kann das ganz gut, solange ich mich nicht bewege bin ich faktisch unsichtbar.“
„Das Nichtdasein, obwohl man da ist, das ist Kunst Mogli.“
„Ja du solltest meinen Neffen Balou sehen oder vielmehr nicht sehen obwohl er da ist. Der ist total schwarz und hat sich auf den Schatten spezialisiert, er ist ein Naturtalent und verschmilzt mit der Umgebung und ist dann wirklich unsichtbar, nur wenn er seine Augen öffnet hat man überhaupt eine Chance ihn zu erkennen, wobei die Augen aussehen, als würden sie alleine im Schwarzen stehen.“

„Genial, da seid ihr uns einiges voraus, wir sind faul geworden und vor allem dekadent. Ohne unsere Menschen wären wir nicht mehr überlebensfähig. Aber gut, lass uns den Plan fest machen. Wenn der Gärtner da ist und den Gartenabfall in das Wäldchen bringt ist die Gartentüre nicht abgeschlossen und du musst nur hochspringen und mit beiden Pfoten den Türgriff nach unten ziehen, dann drücke ich von außen dagegen und du machst die Flitze mit mir. Wir haben einen Schuppen im Garten, da kannst du erstmal wohnen und wenn meine Menschen weg sind kannst du ins Haus kommen und essen. Du bist dann versorgt und kannst in aller Ruhe weitere Pläne schmieden."
„Das hört sich gut an Kalle, jetzt müssen wir nur noch herausfinden, wann der Gärtner kommt."
„Das ist einfach Mogli, der kommt jeden Einkaufstag, weil ich früher nur an diesem Tag hier ins Wäldchen gegangen bin, wenn die Frau meines Menschen den ganzen Morgen weg war und erst mittags mit vollen Tüten zurückkam. Heute ist vier Tage nach dem Einkaufstag, also in drei Tagen ist es so weit, dann geht es ab in die Freiheit."

***

Die Alte war wieder so was von aufdringlich, aber Mogli hatte sich in den Kopf gesetzt sie nicht zu beachten, sie links liegenzulassen. Er zählte die Stunden die noch vergehen mussten, um seinem Gefängnis zu entfliehen. Dann kam der so sehnsüchtig erwartete Einkaufstag, Kalle war in Stellung, Mogli verschmolz in die Umgebung des Busches zu einem Teil des Gartens, aber der Gärtner kam nicht.
„Ich glaube es nicht", sagte Kalle, „da haben wir alles bis ins kleinste Detail geplant und dann kommt der Steinewerfer nicht, wir können nur bis zum nächsten Einkaufstag warten."
„Es wäre auch zu schön gewesen, um wahr zu sein, auf einmal in Freiheit, raus aus diesem Hochsicherheitsknast,

aber du sagst es Kalle, wir müssen halt noch warten, bis sich die Situation ergibt, dass wir losschlagen können."
Kalle und Mogli unterhielten sich viel in dieser Zeit, vor allem über die Familie von Mogli und sein Zuhause, die Insel Tenerife. Kalle hörte ganz deutlich heraus, dass sein neuer Freund nicht für dieses Land geboren ist, hier war alles geregelt, Mogli war ein Kind der Freiheit, des Abenteuers, aber nie und nimmer eine deutsche Hauskatze. So gingen die Wochen vorbei, ohne dass der Gärtner auftauchte. Mogli übte immer und immer wieder seinen Sprung nach oben und das Einhaken in der Türklinke beim Herunterfallen, während sich Kalle im gleichen Moment gegen die Gartentür schmiss. Kalle genoss die Zeit mit seinem Freund, endlich war mal etwas los. Vor allem die Geschichten aus Moglis Heimat, dem Kinderfresser, seinem Neffen, das perfekte Sicherheitssystem für das Revier der Familie, machten auf Kalle Eindruck. Mogli war ein Experte in Sachen Abwehr, Tarnen und Täuschen. Oft spielten sie Verstecken, Mogli tarnte sich im Bereich des Zaunes und Kalle musste ihn finden. Kalle liebte dieses Spiel und obwohl er sich anstrengte musste Mogli oft seine Tarnung aufgeben, da Kalle ihn nicht finden konnte, aber wenn er ihn fand, dann drehte Kalle schier durch und hüpfte am Zaun entlang. Die Alte hatte sich damit abgefunden, dass Mogli jede Beziehung zu ihr ablehnte, kümmerte sich aber trotzdem gut um ihn. Vielleicht hat sich ja das Gewissen bei ihr gemeldet, dass es einfach Unrecht ist jemanden aus seiner angewohnten Umgebung raus zu reißen, wie auch immer, sie war für die Situation, in der sich Mogli befand, verantwortlich. Dann war es so weit, Kalle war außer Atem und sprang am Zaun rauf und runter:
„Mogli er ist da, er ist da, ich habe ihn vor dem Haus gesehen!"
Mogli schlich sofort in Richtung Gartentor und nahm volle Deckung, Kalle versteckte sich in der Nähe des Zauns im Wäldchen.

***

Nach einiger Zeit war es soweit, der Gärtner lief mit einem vollen Schubkarren auf die Gartentür zu und schloss sie auf, ging hinaus und zog sie ins Schloss.
Er lief in das Wäldchen und in diesem Moment schnellte Kalle aus einem Busch, „Mogli! Jetzt!“, der kam aus seiner Deckung und sprang nach oben, hakte an der Türklinke ein, Kalle schmiss sich gegen die Gartentür.
Mogli kugelte mit Kalle durch den Garten, doch die Türe stand auf. Kalle setze sofort zur Flucht an, Mogli rannte seinem Freund hinterher, sie blieben erst stehen, als sie auf der anderen Seite des Wäldchens angekommen waren. In der Ferne konnten sie Rufe hören, die sie aber nicht wirklich interessierten, denn es war klar, wer eine Katze suchte.
„So Mogli, jetzt gehen wir in die Phase Eins, du wirst jetzt unsichtbar, bis du in unserem Schuppen bist.“
Kalle konnte zwar hin und wieder ein Knacken vom Waldboden kommend hören, aber Mogli sah er nicht, der war mit dem Wäldchen verschmolzen.
„So Mogli wir wären da, du kannst jetzt wiederauftauchen“, Kalle zuckte zusammen, Mogli stand direkt vor ihm.
„Du bist wirklich Profi“, sagte Kalle anerkennend.
„Schau hier über den Holzstapel können wir nach oben, ich zeige es dir.“
Im Schuppen war alles vollgestellt, in einer Ecke lag Heu, dort blieb Kalle stehen.
„Hier kannst du es dir gemütlich machen und schlafen, es wird dich niemand stören. Untertags musst du die nächste Zeit vorsichtig sein, du wirst gesucht, wahrscheinlich sogar mit Plakaten, die überall hängen werden. Und jetzt musst du dir erstmal den Magen vollschlagen, denn du bekommst die nächste Zeit nur noch einmal am Tag zum Essen.“
Kalle rannte schnurstracks in Richtung Haus und verschwand durch eine Klappe in der Tür, Mogli folgte ihm.

„Wow, das ist ja genial, deine Menschen vertrauen dir, du darfst hier drinnen sein, obwohl sie nicht da sind“, sagte Mogli anerkennend.
„Ja, ich kann mich echt nicht beschweren, meine Menschen sind wirklich nett zu mir, ich habe es hier gut und wenn ich mal jemanden mitbringe haben sie auch nichts dagegen. Nur müssen wir bei dir aufpassen, weil du bestimmt gesucht wirst.“
„Danke Kalle, ich bin schon froh, dass ich mich bei dir verstecken kann und zu essen habe, da tust du wirklich sehr viel für mich“, antwortete Mogli.
Nachdem er die Schüsseln von Kalle gelehrt hat gingen beide in den Schuppen, legten sich ins Stroh und mussten sich erst einmal von dem Stress erholen, den sie durch die Flucht gehabt haben.

***

Mogli war so vorsichtig wie es nur ging und mied das Wäldchen. Die Alte machte einen richtigen Zirkus und hatte überall Zettel mit einem Bild von ihm aufgehängt. Die glaubte wirklich, ihn weiterhin einsperren zu können. Kalle meinte, dass sich das mit der Zeit erledigt hätte und dann würde niemand mehr daran denken, dass eine Katze ausgerissen ist. Kalle und Mogli lagen im Stroh und erzählten sich ihre Geschichten und wurden richtig dicke Freunde. Doch Mogli wollte seine Freiheit nutzen, um wieder auf seine Insel zu kommen.
„Das können Tausende von Kilometern sein und da dein Zuhause eine Insel ist, liegt noch das Meer dazwischen und ich kann dir sagen, das ist ein ganz ein fürchterliches Bild, das sich einem da bietet. Ich komme von einem Bauernhof an der Küste und du schaust nur auf Wasser, nichts als Wasser, bis zum Horizont nur Wasser“, bemerkte Kalle.
„Aber die Menschen kommen nach Tenerife und dann muss es für mich auch einen Weg geben, dorthin zu kommen. Die

Menschen sagen immer, wo ein Wille ist, ist auch ein Weg, auch wenn der Weg übers Wasser gehen sollte, ich muss nach Hause zurück", sagte Mogli.
„Ich weiß ja aus deinen Erzählungen, dass du mutig bist und auch das Risiko nicht scheust, aber das wäre schon eine gewaltige Sache, vor allem bräuchten wir gesicherte Informationen wo genau deine Insel liegt", erwiderte Kalle.
„Also ich denke mir, dass ich mich an den Sternen orientieren kann, ich weiß noch ganz gut, wie der Sternenhimmel bei mir zu Hause ausgesehen hat und ich sehe, wie die Sterne hier am Himmel stehen. Jetzt muss ich mir nur vorstellen, wie ich laufen muss, dass ich das gleiche Bild vom Sternenhimmel so sehe wie auf meiner Insel. Also wenn der große Stern bei mir zu Hause rechts von mir steht und hier steht er links von mir, dann muss ich so lange nach links laufen, bis er da steht wo, er hingehört und dann kenne ich nicht nur den großen Stern, sondern viele andere mehr. So fanden Katzen immer nach Hause, auch wenn sie viele Kilometer von ihrem zu Hause weg waren."
„Das hört sich logisch an und ich kann mich daran erinnern, dass ich schon davon gehört habe. Wahrscheinlich kommt einem die Idee, wenn man verzweifelt ist, wenn man einfach wieder heim will", dachte Kalle laut.
„Also, du siehst Kalle, es ist keine unlösbare Aufgabe, man muss nur wollen", Mogli sprühte vor Unternehmungsgeist. So verbrachten sie ihre Zeit und malten sich aus, wie Mogli den Weg zurück nach Tenerife in Angriff nahm.

***

Kalle machte einen Ausflug in ein anderes Stadtviertel und traf dort seinen alten Kumpel Paddy. Sie kannten sich schon lange und verbrachten sporadisch Zeit miteinander, nur dieses Mal war Paddy ganz aufgelöst.

„Kalle, stell dir vor, meine Menschen packen schon seit Tagen alles im Haus zusammen, es sieht so aus, als würden wir irgendwo anders hingehen."
„Und du hast keine Ahnung wohin?"
„Nein auf den Kartons bringen meine Menschen ein Zeichen an, das immer gleich aussieht, aber ich weiß nicht, was es bedeutet", sagte Paddy der Verzweiflung nahe, „ich will doch hier nicht weg, ich mag keine Veränderungen."
„Vielleicht gefällt dir dein neues Gebiet und wenn du Glück hast triffst du da auf nette Katzen."
„Darauf kann ich verzichten, aber mich fragt ja eh keiner, immer muss man machen was die Menschen einem einbrocken, das ist unfair."
„Oh ja, Paddy, das Leben einer Katze ist nicht immer leicht, aber man muss versuchen aus jeder Situation das Beste zu machen, findest du nicht auch?", wollte Kalle ihn ein wenig beruhigen.
„Ja klar, die Freude auf die große weite Welt, aber Entschuldigung, bei mir kommt eher Panik als Freude auf", nörgelte Paddy weiter.
„Na, bei deiner Laune macht es heute wenig Sinn ein wenig im Gelände umherzustreifen, ruhe dich lieber ein bisschen aus und komm runter, ich bin dann mal weg", Kalle verdrückte sich wieder und kam nach einiger Zeit im Schuppen an.
„Und Kalle wieder einmal das Revier unsicher gemacht?", fragte Mogli während er sich im Heu räkelte.
„Ich habe meinen Kumpel Paddy besucht, aber der war übelst gelaunt, weil, so wie es aussieht, seine Menschen einen Umzug vorbereiten und Paddy steht anscheinend nicht auf Veränderungen."
„Das kann ich gut nachvollziehen, dem geht es wie mir, ich wollte auch nicht umziehen, hatte aber keinen Einfluss darauf", blökte Mogli herum.
„Wir gehen heute Abend noch einmal bei Paddy vorbei, vielleicht kannst du ihn ein wenig aufmuntern, deine

Geschichte ist viel krasser als seine, denn er hat ja immer noch seine Menschen um sich herum, also ist es kein so ein Bruch wie bei dir“, meinte Kalle und Mogli nickte.
Die Beiden streckten sich ins Stroh und beschlossen unabhängig voreinander sich vor dem Ausflug noch ein Nickerchen zu genehmigen.

5. Zeichen von Tenerife

„Mogli, wenn du deinen Tarn- und Schleichgang aufhören könntest und mir einfach hinterherlaufen würdest, hätten wir eine Chance, noch heute bei Paddy anzukommen."
„Entschuldigung Kalle, das ist die Gewohnheit, die in jedem meiner Knochen sitzt, aber ich folge dir jetzt auf die Pfote."
Nach einiger Zeit kamen sie am Haus von Paddy an, Kalle miaute eine Sequenz und in einem Augenblick stand Paddy vor den Zweien.
„Kalle, du da? Du warst doch erst heute Mittag kurz bei mir", drückte Paddy erstaunt hervor und schaute im selben Augenblick auf Mogli.
„Das ist Mogli, der wurde auch umgezogen, aber richtig bösartig, er wurde entführt."
„Hey Mogli."
„Hallo Paddy und deine Menschen machen sich mit dir aus dem Staub, hat mir Kalle erzählt", eröffnete Mogli das Gespräch.
In diesem Moment klatschten die ersten Regentropfen auf den Boden, Kalle und Paddy rannten zu einem Schuppen im Garten, Mogli schloss sich einfach an.
„Das war knapp", Paddy schnappte noch nach Luft, „nicht vorzustellen, wenn wir weiter vom Schuppen weg gewesen wären, dann wären wir jetzt nass bis unter das Fell."
Keine Katze mochte Wasser, außer zum Trinken, aber nur wenn es keine Katzenmilch gab. Um die drei herum stapelten sich die Kartons und Paddy zerfloss vor Selbstmitleid, wie schlecht es ihm doch ginge und auf was er alles verzichten wird müssen.
Mogli sah die Kartons an, schüttelte ungläubig seinen Kopf und fragte schließlich:
„Paddy haben dir deine Menschen gesagt, wohin ihr geht?"
„Nein. Ich habe nur gesehen, dass sie auf alle Kartons dieselben Zeichen schreiben."

„Ich kenne ein ähnliches Wort, den Namen meiner Insel, der sieht fast gleich aus“, sagte Mogli, der auf die Kartons starrte, als wären sie eine Offenbarung für ihn.
„Paddy, ich glaube deine Menschen ziehen mit dir auf meine Insel. Das auf den Kartons ist ganz sicher der Name meiner Insel, nur in der Sprache deiner Menschen, vermute ich“, sagte Mogli sichtlich erfreut.
„Das ist ja katzomenal, ich komme dahin, wo Mogli herkommt, dann haben wir jetzt einiges zu besprechen“, freute sich Paddy auf einmal, die Angst vor dem Unbekannten war plötzlich verflogen. Ab diesem Zeitpunkt waren Mogli und Paddy unzertrennlich. Mogli erzählte ihm alles, was er über seine Insel wissen musste und merkte, wie in Paddy eine Freude wuchs, alles selbst kennenlernen zu dürfen.

***

„Paddy, du musst unbedingt mit Balou reden und ihm alles erzählen, was ich dir gesagt habe, er ist noch sehr jung und hat sehr, sehr viel Verantwortung für die Familie und das Revier, er braucht einen älteren Freund an seiner Seite“, bekniete Mogli Paddy.
„Ich weiß und du kannst dich auf mich verlassen, sobald ich weiß, wo ich auf deiner Insel bin nehme ich mir einige Tage frei und suche deine Familie, du hast mir ja alles sehr gut beschrieben und Balou wird sich sicher freuen etwas von dir zu hören“, antwortete Paddy.
Das muss eine komische Insel sein, dachte Paddy, die Katzen haben dort ihre eigene Welt und tun so, als dulden sie die Menschen auf ihrem Gebiet. Oder die hängen der Zeit hinterher und es ist früher bei uns auch so gelaufen. Egal wie, es wird für mich auf jeden Fall interessant, ein großes Abenteuer. Ich kann es kaum erwarten die Familie von Mogli kennenzulernen und vor allem Balou, den Meister des Nichtdaseins obwohl er da ist.

Die Reise musste bald losgehen, es waren kaum noch Sachen im Haus und die Betten waren bereits abgebaut, nur noch die Matratzen lagen auf dem Boden. Die Kartons stapelten sich im Schuppen und die Menschen wurden immer nervöser.
Dann, an einem Morgen war sich Paddy sicher, dass die Reise jetzt losgehen musste; es stand ein großer Container vor dem Haus, in den die Menschen jetzt ordentlich die ganzen Kartons und Möbel einräumten.
„Mogli, ich denke jetzt bleibt nicht mehr viel Zeit, aber du hast mir ja alles erzählt und so müsste ich auf deiner, ähm, dann unserer Insel keine Probleme haben dürfen“, druckste Paddy herum.
„Ja, das kenne ich, wenn bei uns die großen Container vor den Häusern standen waren die Menschen ziemlich schnell weg. Ich werde mich sobald du gegangen bist auch auf den Weg machen, ich muss wieder heim, ich brauche meine Familie“, antwortete Mogli.
Sie gingen verschiedene Sachen noch mal durch und wussten, dass es jetzt jede Minute zu dem Moment kommen konnte, an dem ihre Zweisamkeit vorbei sein würde. Kalle gesellte sich auch noch zu der vertrauten Runde und war ein bisschen geknickt, weil er Paddy schon so lange kannte und auch merkte, dass der Abschied bevorstand. Er wusste, dass auf Paddy ein großes Abenteuer wartete und war deshalb schon ein bisschen neidisch, musste er doch hierbleiben, bei seinem Wäldchen, wo alles so gewöhnlich wirkte. Klar, seine Menschen waren gut zu ihm und die Kinder waren ein schöner Zeitvertreib, vor Allem weil sie sich immer neue Sachen einfallen ließen, um ihn zu unterhalten, aber die große weite Welt, das hatte schon einen anderen Klang.
Dann hörten sie die Stimmen von Paddys Menschen, die ihn zu rufen schienen und der Zeitpunkt war da. Paddy lief seinen Menschen entgegen und die steckten ihn in eine kleine Box, sie sahen noch, wie sich Paddy in ihre Richtung umdrehte und dann hörten sie,

wie unter großem Lärm der Container aufgeladen wurde, das Haus und der Garten wirkten leer und unbewohnt.

***

Es war weit nach Mitternacht geworden, Paddy erzählte und erzählte, unterbrach nur um kurz zu trinken und kam dann sofort zu seiner Geschichte zurück und ließ mich alles wissen, was um Mogli herum geschah. Balou wirkte wie ausgewechselt und es schien, als ob er auf Paddy hören würde, auf jeden Fall gab er sich große Mühe, dass ich alles verstehen konnte und es gab nicht einen seiner gefürchteten Einwürfe, ein Wunder. Mogli saß also in Hamburg fest, war entführt worden, das erklärte einiges, vor allem sein Verschwinden von heute auf morgen. Aber Hamburg war groß, wie sollte man da eine Katze finden, zumal ich auch davon ausgehen musste, dass er sich schon auf dem Weg nach Tenerife befinden könnte. Also was machen. Ich überlegte hin und her und kam zu dem Entschluss die Zeit für mich spielen zu lassen. Mogli war eine außerordentlich intelligente Katze und wenn jeder Mensch sagen würde, dass der Weg von Hamburg nach Tenerife für eine Katze nicht zu schaffen sei, würde ich dagegenhalten, denn für Mogli war nichts unmöglich, nein es gab rein gar nichts, was ich ihm nicht zutrauen würde. In mir kam ein Gefühl der Freude hoch, Mogli lebte und war gesund, das war jetzt erst einmal das Wichtigste, der Rest wird sich ergeben. Paddy und Balou waren gegangen und in mir machte sich eine bleierne Müdigkeit breit, die mich Richtung Bett dirigierte. Ich räumte noch die Schüsseln der beiden von der Terrasse ab, denn Balou hat mir eingeschärft, dass Schüsseln auf der Terrasse nur die Streuner anziehen würden, die lauern dann im Hintergrund und das wäre gar nicht gut. Also Schüsseln ins Haus, sonst gibt es eventuell einen Rüffel von Balou, der sich nicht gerne wiederholte. Am nächsten Abend sah ich Balous Augen zwischen den Pflanzen blitzen und hatte den

Eindruck, dass er auf mich wartete. Doch er beobachtete mich erst eine Weile und kam dann auf die Terrasse.
„Also Onkel Mogli lebt und ist auf dem Weg nach hier“, sagte er unvermittelt.
„Ja, aber das ist ein sehr weiter Weg und nicht einfach für eine Katze“, war mein Einwand.
„Ich denke, dass es für Onkel Mogli machbar ist, er hat schon ganz andere Sachen geschafft“, meinte Balou.
Das war der Zeitpunkt für mich einfach ruhig zu sein, denn ich wusste nicht, was Mogli in der Katzenwelt noch alles gemacht hatte, ich wusste nur und konnte heraushören, dass Mogli in seiner Welt ein Großer war. In der Ferne hörte ich den Kinderfresser, seine Stimme unterschied sich enorm von allen anderen Katzen, so wie es sich anhörte war er gerade wieder dabei einen Reviereindringling zu verkloppen, ein schauriges Geheul und Gezeter. Balou spielte sofort Nichtdasein und machte sich zwischen den Töpfen unsichtbar. Man sollte diesen alten bösartigen Kater einfach umziehen, in ein Gebiet weit weg von hier bringen, das wäre für alle nur gut, vor allem für Balous Nerven. Der hatte sich verdrückt, auf jeden Fall konnte ich ihn nicht mehr sehen Ich musste ihn mal auf den Kinderfresser ansprechen, vor allem warum es mit ihm immer wieder Probleme gab.

***

Die nächsten Tage wartete ich umsonst auf Balou. Mir kam es so vor, dass jedes Mal, wenn es so aussah, als ob wir uns näherkommen könnten, eine Zeit ohne Besuche von Balou folgte. Nur Nuri ließ sich sehen und tobte auf der Terrasse herum, immer bereit, in das Haus zu kommen, denn da waren ja alle die Köstlichkeiten, die sie so gerne hatte. Dann gesellten sich noch Rafa und Mick dazu und hatten ihre helle Freude am gemeinsamen Spiel mit Nuri. Klar, ich habe ein paar Sächelchen gekauft, die Katzen besondere Freude bereiteten. Nuri liebte den kleinen Ball, der im Inneren eine kleine Schelle hatte, sie schoss ihn mit ihren Pfoten über die Terrasse und verfolgte ihn mit schnellen Sprüngen, überschlug sich über dem Ball und trug ihn dann ganz stolz einige Meter in ihrem Mund, bis das Spiel von vorne begann. Ich konnte ihr stundenlang zusehen. Witzig wurde es, wenn sie den Ball zwischen die Töpfe schleuderte und dann zu suchen begann. Sie schlich sich an die Töpfe ran und blickte ganz vorsichtig, indem sie den Kopf hob um den Topf. Man könnte meinen der Ball würde ein Eigenleben haben und mit dem Kätzchen spielen. Es war eine Freude ein so unbelastetes Lebewesen zu beobachten. Wenn sie dann vom Herumbalgen müde war machte sie einen Satz auf meinen Schoß und streckte sich, um dann ihre Schmuseeinheiten einzufordern. So genoss ich meine Stunden mit Nuri, bis sie dann wieder verschwand. Die Vierpfotengang war inzwischen zu meinem Lebensmittelpunkt geworden und irgendeine der Miezen schaute immer bei mir rein. Myriam hat angefangen Futter selbst herzustellen, sie meinte, so weiß man wenigstens, was man den Kleinen, wie sie zu den Miezen sagte, vorsetzt. Sie gab sich sehr viel Mühe, aber man sah auch, dass unsere Freunde mit vier Pfoten dies durchaus zu schätzen wussten, denn die Schüsseln kamen sauber ausgeleckt in die Küche zurück, keine Krümel mehr zusehen. Vor allem Rafa und Mick hatten es Myriam angetan, sie wussten, dass sie es bei Inge mehr als gut hatten. Doch Rafa und Mick schlugen regelmäßig bei uns auf und nach dem Essen lagen beide auf der Liege, Myriam in der Mitte, die Miezen links und rechts kuschelten sich an sie ran und alle drei machten einen höchst zufriedenen Eindruck. Die Miezen waren Lebensqualität, brachten einen auf andere Gedanken und es machte einfach Freude seine Zeit mit ihnen zu teilen. Nur die Verwaltungsmieze passte so gar nicht ins heile Katzenbild, aber waren die Beamten auf den Ämtern der Menschen nicht auch ab und an einfach nur sonderbar? Schon wieder meldete sich bei mir mein Gewissen, war ich doch Balou gegenüber nicht fair. Er hatte einen schweren Stand in der Katzenwelt und ich wusste ja nicht wie sehr ihn die Verantwortung belastet. Hatte meine Einstellung zu ihm mit seiner Verschlossenheit zu tun, die bei mir oft als Unnahbarkeit ankam und mich kränkte? Ich konnte es nicht einordnen. Vielleicht wäre mir ein Balou der mir alles erzählen würde lieber, aber möchte ich wirklich jede Kleinigkeit aus dem Katzenleben wissen. Nein, ich glaube doch nicht, so ein wenig ohne vollen Durchblick ist auch ganz schick, da hat man wenigstens noch Überraschungsmomente. Wenn ich so zurückschaue waren es nicht wenige Momente, in denen ich überrascht wurde. Auf jeden Fall war eines klar, die Vierpfotengang war etwas ganz Spezielles in meinem Leben, das ich nicht mehr missen wollte. Balou, Nuri, Mick und Rafa und was sonst noch so bei uns aufschlug war zur Familie geworden.

6. Das Viertel wird erobert

Myriam blieb immer öfter und machte es sich auf der Terrasse gemütlich, das hatte ich ihr früher auch oft angeboten, doch ich denke unsere kleinen Freunde haben es ihr ganz besonders angetan. Als ich merkte, dass sie Teile des Futters von ihrem Geld bezahlte, gab es Kämpfe, aber schließlich musste ich ihr zugestehen, dass sie wenigstens das Gemüse, das sie verarbeitete, selbst bezahlen durfte; sie wollte unbedingt ihren Teil zu ihrem Glück beitragen. Oft meinte Myriam, dass die Kleinen wie Kinder für sie wären und sich positiv auf ihr Leben auswirken würden. Früher fühlte sie sich abends oft allein und wurde unruhig, hat sie mir erzählt. Jetzt würde sie aufschreiben, wenn Nuri, Balou, Mick und Rafa da waren, was sie so machten oder anstellten. Sie hatte eine große Freude daran, beim Einkaufen an der Kasse im Tante-Emma-Laden von den Miezen zu erzählen. Myriam verlor sich so im Detail, dass es oft zu einer wahren Menschenansammlung kam. Alle Nachbarn hörten interessiert zu und wollten dann natürlich mehr über unsere Besucher wissen. Das machte sich auch im Tierheim bemerkbar, das eine oder andere Kätzchen fand in unserer Nachbarschaft ein Zuhause. So wie früher Omas Rezepte getauscht wurden, gab es eine Tauschbörse für frische Katzengerichte und ohne Übertreibung durfte vermutet werden, dass die Gerichte, welche die Señoras für ihre Lieblinge kreierten, auch bei den Menschen Anklang gefunden hätten, wurden doch nur frische Zutaten verwendet. Zu den Tagesgesprächen gehörte bald die Frage, ob jemand das oder das Kätzchen gesehen hätte. Man konnte dann die Erleichterung spüren, wenn eine Señora positive Auskunft gab. Myriam kaufte sich immer wieder Bücher über Katzen und war sehr schnell zu einer wertvollen Insiderin des Katzenlebens geworden. Auch sagte sie den Untermietern ihrer Lieblinge, den Flöhen und Zecken den

Kampf an. Aber alles Bio und Natur, das war ihr wichtig, sie wollte ihre Lieblinge nicht chemisch vergiften. Wenn ich von der Terrasse wenig begeistertes Katzengejammer vernahm, konnte ich sicher sein, dass meine Perle wieder eines der Kätzchen in der Mangel hatte und ihm Gutes tat. Dank Myriam war in der Nachbarschaft keine Katze eingesperrt und so hatte jeder im Viertel etwas von der Vierpfotengang. Im Laden von Doña Loli gab es inzwischen auch Blumentöpfe, Wasser- und Weingläser zu kaufen und andere Dinge, die auf der Terrasse zu finden waren und die kaputtgehen konnten und in letzter Zeit auch kaputtgingen. Das Komische war nur, dass die Käuferinnen einen schon fast verzückten Eindruck machten, wenn sie sich beim Nachkaufen des von den Miezen zerdepperten Geschirrs trafen. „Ach bei mir war gestern die Rasselbande auf Besuch und die haben so schön gespielt, ich habe nur vergessen die Töpfe von der Treppe auf die Terrasse zu stellen und dann war es passiert. Aber der Übertopf hat mir eh noch nie gefallen, den wollte ich über lang oder kurz sowieso austauschen. Ihr hättet die Augen von der Kleinen sehen müssen, fast als wenn sie weinen würde und um Entschuldigung bitten, so süß…“
„Bei mir hat die Vierpfotengang aus Versehen den ganzen Tisch abgeräumt, eine der Miezen hat sich in der selbst geklöppelten Tischdecke mit den Krallen verfangen, die Armen sind so was von erschrocken, die haben mir richtig leidgetan. Ich werde jetzt auf Plastiktischdecken umstellen, das ist für die Kleinen sicherer. Gut, dass wir hier die zerbrochenen Gläser und das Kaffeegeschirr nachkaufen können.“
Jeder hatte zwar seine Mieze, die zumindest zum Essen kam, doch alle liebten die Vierpfotengang. Die Hunde taten, was sie immer taten, sie hatten nichts gegen Katzen, es war ein Märchen, dass Katzen und Hunde nicht zusammen könnten. Oft sah man sie auf einem Kissen zusammen liegen, Hund und Katze als Einheit. Wahrscheinlich hatten die Hunde

auch ein Upgrade beim Essen erfahren und Liebe soll ja bekanntlich durch den Magen gehen.

***

„Kalle, ich werde im Frühjahr mein Glück versuchen und mich auf den Heimweg machen. Ich muss im Sommer so weit kommen, dass ich mich in einer Zone befinde, in der es keinen Schnee im Winter gibt und es nicht so kalt wie hier ist, sonst wird es schwierig“, sagte Mogli.
„Schade, ich habe mich so an dich gewöhnt, vor allem die Ausbildung im Nichtdasein wird mir fehlen, das ist so genial. Ich spiele das jetzt immer öfter mit den Kindern und die haben ihre Freude daran. Aber ich kann dich verstehen, du bist nicht von hier und hast Heimweh, das würde mir auch so gehen.“
„Ich habe dir so viel zu verdanken Kalle, du bist ein wahrer Freund und die sind selten geworden.“
„Wie willst du das eigentlich machen Mogli, okay am großen Stern orientieren und dann?“
„Ich habe in meiner Erinnerung ein Sternenbild, diesem Sternenbild muss ich mich nähern und wenn die zwei Bilder sich decken bin ich zuhause.“
„Entschuldigung, aber da fehlt es mir an Vorstellungskraft, ich habe es dir ja schon ein paar Mal gesagt, ich bin in manchen Dingen einfach weit weg von dir“, sagte Kalle.
„Ach Kalle, wie oft habe ich mir auf meiner Insel einprägen müssen wo der Stern steht und bin dann auf die Pirsch gegangen und habe jedes Mal wieder ins Revier zurückgefunden, egal, wie lange ich unterwegs war, das ist, denke ich einfach nur Übungssache, wenn du müsstest, würdest du das auch können!“
Mogli hat es sich angewöhnt, nachts bei wolkenfreiem Himmel den großen Stern zu fixieren. Er war sich sicher, dass er eine lange Strecke auf den Stern zugehen musste, sein Gefühl sagte ihm, dass er weit weg war und dann musste er

nach rechts, so würde er den Stern in das gedachte Zentrum bekommen. Es ist nur Strecke, nichts anderes als viel laufen, dachte Mogli und war mit seiner Entscheidung zufrieden. Er zweifelte keinen Moment an sich und am Gelingen seiner großen Wanderung, innerlich freute er sich schon auf die vielen Abenteuer, die er bestimmt erleben würde. Kalle hingegen war nicht so glücklich, klar jemanden zu verstehen heißt, erfasst zu haben, was der Andere für sich als gut empfindet, sogar gut für ihn ist, aber das muss einem nicht unbedingt gut reinlaufen. Doch auf der anderen Seite hat er selbst ja bei seinen Menschen eine Komfortzone, die ihm ein sorgloses Leben bot und das war nicht zu verachten. Irgendwie war er mehr oder weniger auch frei, nicht so frei wie Mogli, aber immerhin. Es war ein tiefer Respekt, den Kalle befiel, wenn er an Moglis Plan dachte. Er wusste nicht, wo er war, hatte keinen konkreten Plan, außer dass er auf seine Insel heim musste, kannte weder den Weg noch wie er dahin kommen soll, doch er hatte ein klares Schema von einem Sternbild in seinem Kopf und das war für Mogli die Antwort auf alles was er in Zukunft zu bewältigen hatte und auch wollte. Davor kann man nur Respekt haben und Hochachtung für den unerschütterlichen Mut, der zu so einem Unternehmen notwendig ist.

***

Die Señoras erzählten sich immer noch Katzengeschichten und dann kam Doña Elena in den Laden und gesellte sich gleich in die Ecke der Katzenfreunde.
„Ja, es war gerade bei mir auf der Terrasse unglaublich. Ich hörte eine Katze schreien, wie ein kleines Kind so laut, ich musste sofort an die süße, kleine, schwarze Mieze denken und dass sie in Schwierigkeiten stecken könnte. Ich hörte Geräusche im Gebüsch und dann sprang tatsächlich die schwarze Katze auf meine Terrasse, ich konnte sehen, dass einige Fellbüschel aus dem Fell herausragten. Sie stolzierte

langsam über die Terrasse und dann ging es Schlag um Schlag; aus den Büschen sprang eine riesige, zottelige Katze auf die Terrasse und ich gab dem Untier gleich noch einen mit dem Besen mit. Die fette Katze klatschte dann an die Hauswand und ich habe ihr den Hintern versohlt. Sie wollte doch wirklich der schwarzen Mieze hinterher, aber mein Besen hat sie wieder ins Gebüsch geschickt. Die soll nur noch mal bei mir vorbeikommen, dann lernt sie meinen großen Straßenbesen kennen, so geht es nicht", Doña Elena war sichtbar erregt als sie den anderen Katzenmüttern ihr Erlebnis erzählte.
Mir war natürlich klar, dass Balou wieder seinen Schlittertrick durchgezogen hatte und ich musste schmunzeln, weil ich mir alles lebhaft vorstellen konnte. Das war bestimmt besser als jedes Kino. Unser kleiner Laden wurde immer mehr zu Nachrichtenzentrale, was die kleinen Lieblinge der Señoras so den ganzen Tag machten und jede Kleinigkeit wurde aufgebauscht und lang und breit erzählt. Ich holte auch Katzenmilch, die es seit neustem im Angebot hatte. Mir fiel auf, dass Doña Loli ihren Laden umstrukturierte und immer mehr Artikel für Katzen bei ihr zu erhalten waren. Schlafkissen, Futternäpfe, feinstes vakuumiertes Fleisch vom hiesigen Metzger und die Preise waren ok, so sparten wir uns lange Wege und konnten auch Anregungen machen, die recht schnell von Doña Loli umgesetzt wurden. Ich freute mich für sie und ihr tat der Mehrumsatz gut, so ein Tante-Emma-Laden hat wirklich keinen leichten Stand. Doña Loli baute ihren Laden geschickt zur Katzenzentrale um. Im Schaufenster präsentierte sie ein Weidenkörbchen mit integriertem Kissen, einen bequemen Schlafplatz für eine Mieze. Die Señoras munkelten, dass der alte Korbmacher Juan Pedro im Viertel wieder tätig sei, und die Futternäpfe von Don José seien, man hätte ihn beim Töpfern vor seinem Haus gesehen. Die Miezen brachten Leben in unser Viertel. Es stimmt schon, was der Volksmund sagt, „Gib den Menschen ein gemeinsames Interesse und du wirst

Betriebsamkeit wecken". Mit diesen Gedanken machte ich mich auf den Heimweg und setzt mich auf die Terrasse. Kurze Zeit später gesellte sich Balou zu mir und er sah tatsächlich ein wenig zerrupft aus. Er musterte mich lange und in dem Moment fiel mir ein, dass ich vor lauter relaxt sein vergessen habe ihm sein Essen hinzustellen. Sofort begab ich mich in die Küche und füllte seinen Napf aus der Vorratsschüssel. Myriam hat wieder etwas ganz Köstliches gezaubert; ich konnte Erbsen, Möhrchen und Fleischstückchen in Gelee servieren und Balou stürzte sich sofort auf sein Essen. Kopf in die Schüssel und wie ein kleiner Staubsauger nach unten gearbeitet. Dann fing er an sein Gesicht zu putzen, mit den Pfoten unter den Augen angesetzt und nach vorne zum Mund, dann die Pfoten schleckend gereinigt und das gleiche von vorne. Katzen sind eben Mal sehr reinliche Tiere.
„Du", kam es aus der Richtung von Balou.
„Balou, möchtest du mich nicht mit meinem Namen ansprechen? Ich heiße Ryan", fragte ich ihn.
„Wie?"
„Ryan, Balou."
„Also wie noch mal?"
„Ryan, ich heiße Ryan."
„OK, wie war das?"
„Gut, Balou sag weiterhin du zu mir."
Diese Mieze schaffte es immer wieder mich an den Rand der Verzweiflung zu bringen. Ja keine Nähe zulassen, stur das eigene Programm verfolgen, ohne Rücksicht auf das Gegenüber. Wie konnte eine Katze nur so abgebrüht sein? Fragen um Fragen, aber keine Antworten; ich werde mich weiterhin gedulden müssen, vielleicht kommt ja irgendwann der Tag der Tage.
„Balou ich habe gehört, dass du wieder Stress mit dem Kinderfresser hattest und er dir ganz schön zugesetzt hat, aber dafür hat ihn Doña Elena mit dem Besen versohlt."

„Ach so, ja der alte Griesgram hat mir wieder einmal aufgelauert, aber der ist ja schon so von Hass zerfressen, dass er nicht mehr denken kann. Langsam sollte er den Schlittertrick kennen, aber er hat jedes Mal den gleichen, erschreckten Gesichtsausdruck, wenn er die Hauswand auf sich zukommen sieht und an ihr aufklatscht. Nur das mit der Oma war neu, die hat ihn wirklich verdroschen, er wollte mir nach dem Klatscher weiter hinterherjagen, dumm und abgestumpft halt."
„Und du hast auch was abbekommen, Balou?", fragte ich.
„Nicht so schlimm, nur einige Kratzer".
„Warum trefft ihr eigentlich immer wieder aufeinander, das verstehe ich nicht Balou?"
„Der Kinderfresser hält sich an nichts, er ist immer auf der Suche nach Futter und dringt weit in unser Revier ein. Er nützt einfach seine Größe und seine Kraft aus. So und jetzt muss ich weiter meine Arbeit machen," sagte es und war schon verschwunden.
Ich durfte mir wirklich nicht einbilden, dass Balou mal auf mich eingehen wird. Er sagt genau so viel, wie er es für richtig empfindet und geht mitten in der Unterhaltung. Ich schüttelte den Kopf und musste lächeln, war doch die Situation wieder zu typisch, echt Balou. Wahrscheinlich kann sich eine Katze nicht vorstellen, dass wir Menschen an Kleinigkeiten interessiert sind und alles möglichst genau wissen wollen. Wenn Balou das Notwendigste gesagt hatte, war für ihn das Thema abgehandelt.

***

Oh, dieser Mensch, fragt einem ein Loch in den Bauch, dabei muss ich mich doch auf das konzentrieren, was wichtig ist, dachte Balou. Jetzt war der Kinderfresser schon wieder weit in unser Revier eingedrungen; gut für die Kinder bestand noch keine Gefahr, aber so kann es nicht weiter gehen. Wir müssen versuchen ihn möglichst weit weg vom Revier zu vertreiben. Ich habe ein Team, das zu jung ist, um immer und immer wieder das Revier zu verteidigen, uns fehlt ein erfahrener Krieger, so wie Onkel Mogli einer ist. Aber der wird noch nicht so schnell hier sein, ich kann mir nicht mal vorstellen, wie weit er von uns weg ist und wie viel Zeit er für seine Reise braucht. Ich muss diesen Griesgram auf die andere Seite des Barrancos bringen, die Wände sind zu steil und purer Felsen, der Rückweg wäre versperrt und er könnte dann sein Unwesen auf der anderen Seite des Barrancos treiben. Sonst läuft es ja wirklich gut, alle haben eine Futterstelle und einen Menschen und in unserem neuen Revier sind unsere Menschen sehr freundlich, sie zwingen nicht einmal ihre Hauskatzen nur im Haus zu bleiben und sperren uns nicht ein. Die haben wir gut erzogen, es lohnt sich also doch, wenn man sich um seinen Menschen kümmert. Es ist so einfach, wir brauchen nur etwas zum Essen und unsere Streicheleinheiten, wer es mag; ansonsten kommen wir mit unserer Freiheit ganz gut klar. Wobei ich inzwischen auch den Vorteil der Hauskatzen sehe. Immer feines Essen, einen Menschen, der einem zur Verfügung steht und wenn die Tür zu ist, ist alles draußen und es gibt keine Gefahr mehr. Wir dagegen schlafen in den Höhlen des Barranco ohne Türen, immer mit einem Auge wach, ob auch wirklich alles sicher ist. Das mit dem Essen hat sich in der letzten Zeit ganz gut entwickelt, die Menschen sind freundlicher geworden. Wenn die Alten von den ganz Alten aus deren Zeit erzählten, musste ich schon immer wieder schlucken, das waren mitunter harte Zeiten. Damals standen wir noch auf dem Speiseplan der armen Menschen und man durfte gar kein Vertrauen zu den Menschen haben. Damals gab es noch den „Fallen erkennen“ Unterricht und es war sehr gefährlich sich in der direkten Umgebung von Menschen zu bewegen. Aber wir haben als freie Katzen überlebt und deshalb gibt es noch einige Familien der Freien. Bei allen Annehmlichkeiten, die die Hauskatzen genießen konnten, war mir meine Freiheit, trotz der Härten, doch viel lieber; ich konnte mir nicht vorstellen, mit einer Hauskatze zu tauschen.

***

Am besten ich laufe den Barranco von oben nach unten ab, ich muss herausfinden, ob er tatsächlich unüberwindbar ist. Ich schätze die Tiefe auf zehn bis zwölf Katzenlängen, abhängig davon, wo man steht. Die Wände links und rechts waren von unten und von oben auch für eine geübte Katze nicht zu bewältigen. Zu steil, zu viele Überhänge und da wo es gehen würde haben die Menschen Mauern gebaut. Also, einmal auf der anderen Seite gab es kein Zurück mehr in unser Gebiet. Der einzige Übergang war an der Engstelle, an der das Wasser in die Tiefe fällt. Dort lag ein umgestürzter Baum, der mit seinen dünnen Ästen bis knapp an die Kante zur anderen Seite des Barrancos reicht. Hierher müsste man den Kinderfresser locken und ihn zum Sprung auf die andere Seite bringen. Soweit war der Plan perfekt, das Gerüst stand, nur über die Ausführung muss ich mir noch Gedanken machen. Es wird bestimmt nicht leicht sein den alten Griesgram zum Sprung in die Abwesenheit zu bringen. Vielleicht hat ja Paddy eine Idee der hat immer ganz lustige Einfälle, man merkt, dass er einige Zeit mit Onkel Mogli zusammen war. Onkel Mogli hat den perfekten Beschützergeist und kann sich in jede Situation so hineindenken, dass er eins mit ihr wurde. Er sagte immer, dass er viel bei seinem Menschen gelernt hätte, nur durch Fragen und das Beobachten. Er meinte immer, dass es Menschen gibt, die viel nachdenken, bevor sie etwas machen und das ist zwar nicht kätzisch, aber wir sind gute Nachahmer und wenn es Logik macht, warum nicht. Die Menschen sind manchmal gar nicht weit weg von uns, wir ticken in manchen Dingen gleich, erschreckend gleich. So, jetzt muss ich in den Unsichtbar-Modus schalten, ich bin nahe am Unterschlupf vom Kinderfresser und ich möchte nicht schon wieder einen Sprint durchs Revier riskieren, mir reicht es noch von vorhin.

7. Die Reise beginnt

„Kalle, ich glaube es wird langsam Zeit, die Temperaturen sind angenehm, das weiße Zeug ..., äh, es hat auch schon lange nicht mehr geschneit, also ich will sagen, ich werde meinen Aufbruch vorbereiten."
„Ja, es ist Frühling und es wird immer wärmer, es wird Zeit für dich. Wie hast du dir deine Reise vorgestellt Mogli, schon irgendwelche Ideen?"
„Na ja, es ergibt sich alles aus dem Sternbild, das über dem Land, also der Standort, muss sich unterordnen. Ich rechne mit Hindernissen, um die ich herumlaufen muss, die mich Zeit kosten, aber es wird gehen, es muss gehen. Wo eine Katze hin will ist auch ein Weg."
„Dann würde ich vorschlagen, dass du dich die nächsten Tage nur ums Essen und Schlafen kümmerst, bis du merkst, dass du so weit bist."
„Das hört sich gut an Kalle, Essen und Schlafen, das ist die Kernkompetenz jeder Katze und den Satz habe ich mir gut gemerkt, weil mein Mensch ihn sehr oft gebraucht hat und der machte mir den Eindruck, als würde er etwas vom Leben verstehen."
Mogli war sich bewusst, dass es nicht leicht werden und ihn viel Zeit kosten würde. Vielleicht hat sich noch nie eine Katze auf so eine weite Wanderung begeben, aber einmal ist immer das erste Mal und Mogli verkörperte alles, was eine halbwilde Katze ausmacht. Er war mutig, Ziel orientiert, kannte das Wort aufgeben nicht und hatte einen wirklichen Grund das Risiko auf sich zu nehmen, seine Familie. Zudem war er ein Allesfresser, das müsste ihm auf der Reise zugutekommen. Er kannte die Menschen und war im Umgang mit ihnen sehr vorsichtig, aus Erfahrung vorsichtig, was ihn bisher geschützt hat, bis auf das eine Mal, als er auf Margot hereingefallen ist, die ihn so entführen konnte. Aber er war sich sicher, dass ihn auf seiner Reise kein Mensch

mehr berühren durfte, geschweige denn dass er freiwillig in ein Haus gehen würde, nein absolute Sicherheit musste Vorrang haben. Menschen können nützlich sein, aber eben auch gefährlich, da man ihre Intentionen nicht immer vorherahnen konnte. Vertrauen musste man sich verdienen, aber das wird bei kurzen Aufenthalten nicht möglich sein, keine Zeit zum Kennenlernen. Er trottete Kalle hinterher und sie machten sich über die vollen Schüsseln her, die Kalles Menschen in der Küche aufgestellt hatten, sie wussten von Moglis Anwesenheit und dementsprechend fielen die Portionen aus. Auf dem Weg zum Schuppen sagte Mogli:
„Kalle, ich würde dich am liebsten mitnehmen, du bist ein sehr guter Freund von mir und ich mag mich von dir eigentlich nicht trennen."
„Oh Mogli, das ist sehr lieb von dir, aber ich bin zu degeneriert, ich würde dir nur zur Last fallen. Weißt du ich bin eine Dosenkatze, die ihre Dosenöffner …, äh, Menschen braucht. Kurz gesagt ich bin eine verwöhnte Hauskatze mit Auslauf, aber nichts für Ungut, ich habe echt Respekt vor dir und deinem Vorhaben und das, was ich von dir gelernt habe, wird uns ein Katzenleben lang verbinden. Es war echt ganz groß mit dir zusammen diese Zeit hier erlebt zu haben. Wir waren ein gutes Team, aber jetzt muss jeder von uns seinen Weg gehen und der Meine ist hier zu bleiben."
„Ja, war nur so eine Idee, Kalle", antwortete Mogli gedrückt, da er wusste, dass seine Zeit mit Kalle definitiv dem Ende entgegeneilte.

***

„Kannst du mir mein Essen bringen?"
Balou war wieder auf die Terrasse geschlichen und schaute mich mit großen Augen fragend an.
„Hast du eigentlich oft Schwierigkeiten mit dem Kinderfresser Balou oder lauft ihr euch nur ab und zu über den Weg?"

„Vor allem habe ich jetzt Hunger, kannst du mir mein Essen bringen?"
„Ja, sofort."
Wie konnte ich nur eine Frage stellen bevor ich ihn bediente? Er wollte jetzt sein Essen haben und die Betonung liegt auf jetzt, da ist keine Zeit, um Fragen zu beantworten. Ich stellte ihm die zwei Schüsseln hin und wartete geduldig bis er mit dem Essen fertig war. Balou musterte mich lange und nahm auf einem Gartenstuhl Platz.
„Das Problem ist nicht, dass ich dem Schläger über den Weg laufe, das Problem sind unsere Jungen", sagte er mit einer, wie ich zu hören glaubte, besorgten Stimme.
„Ich verliere ein bisschen von meinem Fell oder habe kleine Kratzer, das ist nicht schlimm. Wenn ich ehrlich bin, liegt es nur an meiner Stellung, dass ich ihn selbst nicht herausfordere. Wenn er in Wut gerät und dazu braucht es nicht viel, fällt er auf jeden von uns entwickelten Abschütteltrick herein. Es macht schon Spaß, wenn er zum Beispiel alle 2 Monate über die Terrasse auf die Wand klatscht, nur weil sein Gehirn voll mit Aggression ist und er an nichts wie Rache denken kann. Oder der Rosenbusch, er müsste langsam wissen, dass man nur ganz flach, ohne hängenzubleiben durchkommt, aber er springt jedes Mal aus vollem Lauf in den Busch und ganz ehrlich, ich möchte nicht mit ihm tauschen, denn die Stacheln der Rose verursachen brennende Wunden, die tagelang weh tun."
„Wie habt ihr eure Jungen vor ihm geschützt?", fragte ich in der Hoffnung, dass Balou beim Thema blieb.
Und zu meinem Erstaunen, er tat es.
„Sie spielen nur um unsere Höhlen herum und es ist mindestens ein Wächter bei ihnen, doch wie es bei Kindern so geht, vergessen sie oft den Ernst der Lage und laufen ins Gelände und das sind dann die Situationen, in denen der Kinderfresser an sie herankommen könnte."
„Aber ihr habt das doch gut im Griff, oder?", blickte ich Balou fragend an.

„Nur perfekt ist gut für uns und perfekt ist die Situation gar nicht. Wir geben uns mit Halblösungen nicht zufrieden, es muss alles ein perfektes Ergebnis haben."
„Meinst du nicht, dass die Ansprüche ein bisschen zu hoch sind, da es eigentlich keine Perfektion gibt, also denke ich zumindest?"
Balou sah mich mit weit aufgerissenen Augen an und erklärte:
„Wenn wir so denken würden, wären wir nicht mehr vorhanden!"
Ohne ein weiteres Wort verschwand er zwischen meinen Pflanzen und ließ mich allein auf der Terrasse sitzen. Verglichen mit den anderen Versuchen ihm irgendwas zu entlocken, mit dem man etwas anfangen konnte, musste man dieses Gespräch als reines Glück verstehen, denn Balou hat erschöpfende Auskunft zu einem Thema gegeben.

***

Kalle und Mogli saßen auf dem Dach des Schuppens und schauten gemeinsam in den Sternenhimmel.
„Deinen Stern sehe ich, Mogli, aber welche Sterne gehören noch zu dem Bild, das du im Kopf hast?"
„Ganz einfach die 102 Sterne, die dem großen Stern am nächsten sind", antwortete Mogli.
Kalle schaute ihn nicht nur mit ungläubigen Augen an, auch sein Mund stand ganz weit offen.
„Ach ja, die 102 Sterne, die ihm am nächsten sind", bemerkte Kalle mit einem Glucksen in der Stimme.
„Mogli, wenn ich dich nicht kennen würde, müsste ich annehmen, dass du einfach einen Knall hast. Aber weil ich dich kenne bewundere ich deine Fähigkeiten, die du dir angeeignet hast."
„Das liegt daran, dass wir halbwilde Katzen uns inzwischen von den Hauskatzen sehr unterscheiden. Im Revier braucht man andere Fähigkeiten als in einem Haus. Aber das ist für

uns zwei nicht wichtig. Du hast auch ein Leben, das nicht ohne ist, deine Menschen hast du gut im Griff, bei so vielen Freiheiten wie du hast. Immer wieder habe ich auch gemerkt, dass tief in deinem Inneren noch die Wildkatze lebt. Erst deine Beobachtungsgabe und deine Idee mit dem Gartentor, um mir wieder in die Freiheit zu helfen, ach Kalle, was hätte ich ohne dich gemacht?"

„Schon gut Mogli, das größte Geschenk, das du mir gemacht hast, ist die Ausbildung im Nichtdasein, obwohl man da ist und das wird mich immer begleiten und ich kann dann an unsere schöne, gemeinsame Zeit denken."

„Ja, wir haben viel voneinander gelernt und es ist auch wichtig, dass man das Gute des Anderen annimmt. Jetzt einmal etwas anderes Kalle. Du hast gesagt, dass du weißt, wo das große Wasser liegt, ist das links, rechts, geradeaus oder rückwärts von meinem Stern gelegen?"

„Das weiß ich nicht, aber es ist ganz einfach, jedes fließende Wasser, das es hier gibt, läuft zum großen Wasser. Ich finde es eh am besten, wenn du am Rand des großen Wassers läufst, dann musst du immer nur einen Übergang über die fließenden Wasser finden und kannst dann wieder zum großen Wasser zurück, dann ist es auch nicht schlimm, wenn es nachts einmal bewölkt ist, weil du ja einschätzen kannst, wie lange du noch nach unten laufen musst, dass dein Sternbild auf der gleichen Höhe steht und du nur noch nach rechts musst."

„Kalle, du hast es wirklich verstanden, dein Vorschlag ist eine ewige Futterstelle wert, ach was sag ich du bist genial, ganz ehrlich mein Freund genial, oberkätzisch echt. Begleitest du mich noch zum nächsten fließenden Gewässer? Ich möchte aufbrechen, jetzt ist der richtige Zeitpunkt, um die Reise anzutreten."

„Klar mein Freund du musst aufbrechen, machen wir uns auf den Weg." Die Beiden liefen lautlos durch das Wäldchen und kamen dann zu einem kleinen fließenden Gewässer. Mogli schaute Kalle tief in die Augen und sagte:

„Mach es gut mein Freund, ich werde dich nie vergessen und du wirst einen festen Platz in meinen Geschichten haben, hab Dank für alles, was du für mich getan hast."
„Mach es gut Mogli und ich weiß, dass du es schaffen wirst."
Kalle schaute Mogli wehmütig hinterher, bis sein Schatten im Dunkel der Nacht verschwand.

***

Das fließende Wasser ist aber sehr klein, da kann ich ja noch über die Steine auf die andere Seite springen. Bisher ist es sehr einfach, da bringe ich einige Katzenlängen hinter mich. Was ihm zugutekam war, dass die kleinen Bäche in den Außenbezirken gut gepflegt waren und so ein schnelles Vorankommen zuließen. Die kleinen Gewässer mündeten in größere Gewässer, manchmal schneller fließend, manchmal stehend. Mogli war gezwungen immer wieder kleine Umwege zu machen, wenn Zäune, oder Bebauungen seinen Weg versperrten, doch er war zufrieden, endlich unterwegs in Richtung seiner Insel zu sein. Jetzt war das fließende Gewässer mächtig breit geworden und es lag ein Geruch in der Luft, der ihn an das große Gewässer von zu Hause erinnerte. Bis dahin hatte er aber noch eine sehr, sehr große Strecke vor sich. Dann nach einigen Tagen hatte er es geschafft, er war am großen Wasser angekommen und roch diesen einmaligen Duft, der ihm zwar schwächer als zu Hause vorkam, aber er konnte ihn ganz deutlich wahrzunehmen. Die Luft war salziger geworden und Mogli hat das mit seinen Sinnen wahrgenommen, das wiederum gab ihm ein Gefühl von Sicherheit. Er orientierte sich nach links und wusste, dass er sich so seinem Sternbild von vorne annäherte. Es war Morgen geworden und er begab sich auf die Suche nach einem Unterschlupf. Bei Tageslicht war das Unterwegssein für ihn viel zu gefährlich, bei Dunkelheit war alles ruhiger und deshalb konnte er sich besser auf sein Umfeld konzentrieren. So ging er bewusst Schwierigkeiten aus dem Weg. Da gab es immer wieder große grunzende schwarze Tiere, die mit ihren Schnauzen im Boden wühlten und sehr aggressiv waren, vor allem, wenn sie ihre Jungen dabeihatte. Diese braunen Kleinen mit weißen Streifen waren sehr neugierig und fingen fürchterlich an zu quieken, wenn ihnen etwas Angst machte. So eine Situation hatte er gerade die letzte Nacht hinter sich gebracht. Er ging, ohne etwas zu denken seinen Weg und auf einmal schaute er in ein paar blitzende Augen, die erstarrten und dann fing ein Quieken an, das für sich allein schon unheimlich war. Aber was Mogli als noch gefährlicher empfand, war das laute Grunzen, das auf ihn zukam und alles niederwalzte, was im Weg stand. Mogli blieb zu lange stehen und so sah er sich schließlich einem fürchterlichen, schwarzen, zotteligen Tier mit zwei riesigen Hauern gegenüber, dass ihn wild anschnaubte. Im letzten Moment entschied er sich für die Flucht auf einen Baum und das war gut, denn unten am Baum stand dieses große schwarze Tier und starrte wütend zu ihm hinauf. Aber als ob das noch nicht schlimm genug gewesen wäre, nein es kam noch schlimmer, dieses Tier holte Anlauf und warf sich gegen den Baum. Mogli hatte Mühe sich mit seinen Krallen am Baum festzumachen und war froh, als er sah, dass sich Untier mit seinem Jungen zurückzog. Er verließ nach einiger Zeit den Baum und lief ganz gezielt auf die Lichter zu, die er in der Ferne sah. Es war ein kleiner Bauernhof, er suchte sich schnell einen Unterschlupf und fiel in einen tiefen Schlaf.

***

Als Mogli aufwachte, merkte er, dass ihn jemand beobachtet. Seine Augen durchstreiften den Raum und zwischen den Spalten einer Holzkiste sah er die Umrisse eines Tieres. Doch bevor er sich überlegen konnte, was er tun sollte, sprang aus der Kiste ein Fellknäuel, das fast vor seinen Füßen landete. Eine junge Katze.

„Wer bist du denn und was machst du hier? Du gehörst nicht hierher“, sprudelte es aus dem Jungtier hervor.
„Ich bin Mogli und auf der Durchreise, also bleibe nicht lange hier. Gibt es bei euch was zu essen?“
„Durchreise, das hört sich nach Abenteuer an, du machst also eine Reise?“, fragte das Kätzchen neugierig.
„Ja, ich bin auf dem Weg nach Hause und habe hier nur den Tag über geschlafen“.
„Unser Essen steht noch nicht an seinem Platz, aber es kann nicht mehr lange dauern, dann stellt es mein Mensch hin, du kannst ja warten, wenn du möchtest.“
„Unser Essen? Seid ihr mehrere Katzen, die hier wohnen?“
„Ja, meine Mama, mein Papa und noch einige Verwandte, so ungefähr viele.“
„Ungefähr viele?“
„Ja halt mehr.“
„Du kannst noch nicht zählen, oder?“
„Nein, das muss ich erst noch lernen, ist das jetzt schlimm?“
„Schlimm, warum soll das schlimm sein, wenn du es erst noch lernen musst. Wie heißt du eigentlich?“
„Babbel, mein Name ist Babbel.“
„Also Babbel, du sagst, dass das Essen erst noch kommt. Kann ich hier darauf warten und reicht es dann überhaupt für alle?“
„Mein Mensch gibt immer viel, das reicht auf jeden Fall für einen mehr.“
„Sag mal Babbel, gibt es bei euch hier auf dem Hof Tiere, die sehr groß sind, schwarzes, borstiges Fell haben und grunzen?“
„Nein, die Tiere, die bei uns auf dem Hof grunzen sind schwarz-weiß und heißen Schweine, ich glaube sogar, dass man sie Hausschweine nennt. Die, die du meinst sind Wildschweine, die wohnen im Freien und sind nicht zum Spielen geeignet, weil sie sehr böse und aggressiv sind“.

„Das habe ich gemerkt, erst sah ich ein Junges und dann kam seine Mutter und ich musste mich auf einen Baum retten. Gibt es von denen viele?“

„Nur da wo es Wälder gibt, hat Papa gesagt, die trauen sich nur nachts aus den Wäldern heraus, unter tags sieht man sie kaum. Aber dann hast du ja alles richtig gemacht.“

8. „Was habe ich richtig gemacht?"

„Dass du auf einen Baum geklettert bist, das hat Papa auch gesagt, sobald ich so ein Wildschwein sehe, soll ich mich sofort in die Höhe retten."
„Ach so, dein Papa bildet dich aber gut aus Babbel."
„Ja, er gibt sich viel Mühe, er sagt immer das Leben ist nur gefährlich, wenn man die Gefahren nicht kennt."
„Wie Recht er damit hat."
„Hast du das Geklapper gehört Mogli, jetzt ist das Essen da, dann kann ich dich gleich meiner Familie vorstellen, komm wir gehen."
Mogli dachte, dass es vielleicht gut sein könnte von einer erfahrenen Katze noch einige Tipps zu holen, denn von den hier wildlebenden Tieren kann man gar nicht genug wissen.
„Lauf mir einfach hinterher Mogli, es ist gleich um die Ecke."
„Wen hast du denn dabei Babbel?", fragte ein kräftiger Kater.
„Das ist Mogli, er hat im Schuppen geschlafen und er ist auf der Reise nach Hause und er hat gefragt, ob er bei uns mitessen kann."
„Hallo Mogli, ich bin Flick und das ist meine Familie, klar kannst du bei uns mitessen, es ist immer genug da."
„Danke Flick, das ist nett, ich müsste eh noch mit dir reden, den gestern hatte ich eine unerfreuliche Erfahrung mit einem Wildschwein und musste in einen Baum flüchten."
„Klar, kein Problem, aber jetzt musst du erst einmal essen, denn wenn du auf einer Reise bist brauchst du Kraft."
„Das war lecker, eure Menschen sorgen gut für euch", sagte Mogli während er mit seiner Zunge noch um seinen Mund herumschleckte.
„Ja, wir können nicht klagen, bei uns läuft´s."

„Sag mal Flick, ich werde auf meinem Weg durch Wälder kommen, welche Tiere gibt es, die mir gefährlich werden können?"
„Anders herum gefragt Mogli, welche Tiere können dir in deiner Heimat gefährlich werden, welche kennst du schon?"

***

„Bei uns gibt es keine Tiere, die mir wirklich gefährlich werden können. In den Wäldern gibt es Kaninchen und Vögel, vielleicht wilde Ziegen, aber sonst gibt es nichts."
„Das ist ja traumhaft, woher kommst du denn?"
„Von Tenerife, das ist eine Insel im großen stehenden Wasser, weit weg von hier."
„Den Namen habe ich noch nie gehört, scheint wirklich weit weg sein. Also die Wildschweine kennst du inzwischen. Dann haben wir in den Wäldern Wölfe, das sind große wilde Hunde, so wie die, die auf Schafe und Ziegen aufpassen."
„Die Hunde der Schäfer in wild? Das hört sich nicht gut an", sagte Mogli besorgt.
„Du bist im Wald Mogli, Flucht nach oben in die Bäume, die können ja nicht klettern."
„OK und was schleicht sonst noch durch die Wälder?"
„Füchse, die sehen wie kleine Hunde aus und sind braun mit langem Schweif. Keine Angst, nach oben ausweichen, oder wegrennen, du bist schneller als ein Fuchs, außerdem gehören Katzen nicht zu den Beutetieren von Füchsen. Jagen ist nicht so ihre Sache. Dann der Dachs ganz leicht an seinem Fell zu erkennen, schwarz mit weißen Streifen und recht flach. Als Katze bist du ja nur nachts unterwegs, dann fallen die Schlangen weg, die sind nur am Tag aktiv. Den Wildkatzen einfach aus dem Weg gehen, in der Regel sind die so scheu, dass sie weg sind bevor du sie sehen kannst. Aber dann kommt ein unheimlicher Jäger, der jetzt wieder in unseren Wäldern vorkommt, der Luchs. Das kann zu einem Problem werden, denn er ist wendig und schnell und wir

stehen auf seinem Speiseplan, wenn er sonst nichts findet. Er kann sehr gut klettern, aber er ist schwer, sodass er in den oberen Bereichen der Bäume nicht mehr klettern kann, da kann man sich dann hin retten."
„Da hört sich aber gefährlich an Papa", meinte Babbel.
„Ja, mein Sohn, deshalb sollt ihr auch nicht weit vom Hof weg spielen und schon gar nicht in den Wald gehen."
Mogli machte ein bedenkliches Gesicht und schien mit den Auskünften von Flick überfordert. Der Wald, eine Ansammlung von gefährlichen Tieren und die meisten nachtaktiv, das gefiel ihm gar nicht. Er wird wohl das Nichtdasein, obwohl er da ist einsetzen müssen, auch wenn ihn das Zeit kosten sollte.
„Danke Flick, das hilft mir sehr. Wenn ich weiß, was mich erwarten könnte, kann ich mich dementsprechend verhalten."
„Mach dir keine zu großen Sorgen, diese Tiere kann es im Wald geben, aber Wölfe sind wie die Dachse selten und der Rest ist keine wirkliche Gefahr für dich."
„Danke Flick, da merke ich wie unkompliziert meine Welt zu Hause ist. Bei uns machen sich die Katzen das Leben gegenseitig schwer und sonst gibt es fast keine Probleme."
„Jeder Ort hat seine eigenen Plagen", meinte Flick trocken.
Mogli unterhielt sich noch eine Weile mit Flick und fragte alles, was ihm für seine weitere Reise als wichtig erschien. Man konnte nie genug wissen, vor allem in einem fremden Land.
„Also vielen Dank, dass ihr mich so freundlich aufgenommen habt und vor allem, dass ich mit euch essen durfte. Jetzt muss ich weiter auf meinem Weg. Danke."
„Mach es gut Mogli und du wirst es schaffen, glaub an dich, ich jedenfalls weiß, dass du es schaffst", Flick schaute ihm ein wenig traurig hinterher, denn von so einer Reise kann man nur träumen.

9. Der weite Weg

Mogli hielt sich genau an den von Flick beschriebenen Weg, bis er an das große fließende Wasser kam. Flick hatte ihm erklärt, dass es weiter oben einen Übergang gibt. Er konnte die Brücke schon von weitem sehen, zu seinem Leidwesen war sie beleuchtet. Ohne weiter darüber nachzudenken betrat er sie und wunderte sich über diese Stangen die parallel auf ihr verliefen. Komisch so etwas habe ich noch nie gesehen dachte sich Mogli. Als er in der Mitte angekommen war ging ein Zittern durch die Brücke und sie fing an leicht zu vibrieren, doch es steigerte sich immer mehr, bis es ihn durchschüttelte. Er hörte ein lautes Pfeifen und das war sein Signal, er rannte um sein Leben. Was war das, alles wackelte und es kam ein abartig lautes Geräusch auf ihn zu, das sich hinter blendenden Lichtern verbarg. Der Boden unter ihm schien sich aufzubäumen, er sah das Ende der Brücke und gab alles, um es zu erreichen. Dann schmiss er sich auf die Seite und purzelte einen kleinen Abhang hinunter. Als er wieder auf den Füßen stand rauschten große Container an ihm vorbei, die von einem Ungetüm aus Eisen gezogen wurden. Was war das? Er war sichtlich verunsichert, von diesem Ding hat ihm Flick nichts erzählt. So etwas hatte er zu Hause noch nie gesehen.

***

Darüber muss ich jetzt in Ruhe nachdenken. Es wird noch viele fließende Gewässer geben und wenn die Übergänge von solchen Ungetümen benützt werden, dann muss ich die Übergänge mit ihnen teilen, es muss einen Weg geben. Er kannte Container, die von Lastwagen bewegt werden und kam zu dem Schluss, dass das Ungetüm ein übergroßer Lastwagen sein muss. Er konnte sich erinnern, dass die Räder unter den Containern auf der Stahlstange fuhren. Also müsste es ungefährlich sein, wenn er sich ganz außen am Rand bewegte. Hier war Mut gefragt, die Geräusche zu überhören, das Vibrieren zu ertragen, das Ziel nicht aus den Augen verlieren, er war schließlich auf dem Heimweg. Am frühen Morgen, noch vor Sonnenaufgang sah er Lichter, auf die er zielstrebig zuhielt. Er schlich um die Gebäude und hatte Glück, es stand eine halbvolle Schüssel mit Fressen vor einer kleinen Hütte, aus der er Geräusche eines tief schlafenden Tieres hörte. Unsichtbar, lautlos und schnell, Mogli schlang das Essen hinunter und suchte sich dann einen Platz zum Schlafen, vorsichtshalber in der Höhe, denn ein Hund, dem man um sein Essen gebracht hatte, war bestimmt nicht gut aufgelegt.

***

Endlich Wochenende, ich freute mich auf meine Terrasse, auf das gute Essen von Myriam und die Vierpfotengang. Ich machte eine Flasche feinen Rotwein aus dem Orotavatal auf und goss mir ein Gläschen ein. Das Essen stand schon im Ofen und ich musste mich nur noch eine halbe Stunde gedulden. Von meinem Gartensofa aus genoss ich den Anblick meiner Pflanzen und freute mich an den Farben und Formen.
„He du!"
Hilfe jetzt geht das wieder los.
„Ja Balou, was gibt es?"
„Ich muss mit dir reden."
„OK, das ist ganz einfach, fang einfach an, bei mir brauchst du keinen Termin."
„Na bei euch Menschen weiß man doch nie."
„Was soll das jetzt wieder heißen Balou?"
„Ihr müsst doch immer den Kopf frei haben, um über ein Problem zu sprechen."
„Ach so, du hast also ein Problem für mich?"
„Na ja, so könnte man auch dazu sagen."

„Oh Balou, jetzt mach den Mund auf und erzähl endlich was los ist.“
„Also, gut, ähm … ich habe einen nahen Verwandten bei mir, der, ich würde mal sagen, nicht einfach ist, also als Wesen ein wenig kompliziert daherkommt, wollte ich sagen.“
„Balou du bist auch nicht gerade einfach“ und jetzt wollte ich mir auf die Zunge beißen, denn so direkt durfte man Balou nicht mit seiner Wesensart konfrontieren, das könnte Folgen haben.
„Das ist typisch Mensch, alles, was einfach ist schwierig zu reden. ICH BIN EINFACH, DU MUSST NUR MACHEN WAS ICH SAGE, DANN IST ALLES EINFACH!“
Ich wusste es, ich bin zu weit gegangen, so etwas mag Balou nicht.
„Schon gut Balou, ich meinte es nicht so, es sollte ein Spaß sein.“
„Ach so, aber du weißt doch, dass ich so etwas nicht verstehe, also mein Verwandter …“.
In diesem Moment schob sich eine zierliche schwarze Katze durch meine Topfpflanzen und schaute scheu zu mir herüber. Sie hielt auch genügend Abstand zu mir und zuckte oft zusammen und schaute nervös herum.
„Das ist also dein Verwandter?“
„Ja, das ist Carlito, er ist sehr scheu und mag eigentlich keine Menschen, aber er braucht ganz dringend eine Futterstelle und da kommst nur du infrage.“
„Warum nur ich Balou?“
„Weil er sich nicht berühren lässt, faucht und sofort mit der Pfote zuschlägt und auch beißt, wenn man ihm zu nahekommt.“
„Schön, aber wie soll das dann laufen, muss ich mit ihm kämpfen, um ihm sein Essen zu geben und froh sein, wenn ich es unverletzt überstehe?“
„Er muss sich, glaube ich, nur an dich gewöhnen und du hast auch die notwendige Geduld und Erfahrung im Umgang mit uns, obwohl du natürlich nicht perfekt bist.“

„Ja, das mit der Perfektion ist für uns Menschen ein Problem, da kommen wir an euch Katzen nicht heran", ich musste mir das Lachen verkneifen, aber wenn er schon keinen Spaß verstand, dann halt von hinten mit Sarkasmus.
„Also Carlito kommt nur, wenn du da bist und meldet sich dann indem er dich ruft."
„Und wann fangen wir an?"
„Wenn er dich ruft."
Bevor ich es begreifen konnte, waren die zwei auch schon wieder zwischen den Blumentöpfen verschwunden. Aber ich wusste Bescheid, ich war jetzt eingeteilt einer anscheinend total bekloppten Mieze den Diener zu spielen und das unter Androhung von kratzen und beißen. Traumhaft, das Wochenende hatte ich mir wirklich ganz anders vorgestellt.

***

Samstagmorgen, ich räkelte mich noch im Bett, doch da war ein Miauen von der Terrasse her zu hören. Carlito schoss es mir durch den Kopf, hatte nicht Balou gesagt, dass er mich rufen wird. Also stand ich schnell auf, Jogginganzug an den Körper geschmissen und den Vorhang zu Terrassentür zurückgezogen. Carlito, der sich am Fußabstreifer mit seinen Krallen austobte, schaute mich an, miaute und fauchte abwechselnd sehr laut, riss den Rachen weit auf und zeigte dabei seine Zähne, das war so daneben, dass ich lachen musste. Er verzog sich hinter die Pflanzen und nutzte dazu geschickt die Deckung eines Schränkchens und einem Blumenbänkchen. Ich ging in die Küche und konnte das Miauen von Carlito hören, es hörte sich schaurig an, als hätte er tagelang nichts zu essen bekommen oder wollte er mich etwa nur anfeuern schneller zu machen. Ich stellte die Schüssel mit seinem Essen vor das Blumenbänkchen, sodass er seine Deckung nicht vollkommen aufgeben musste. Er kam ein bisschen nach vorne, aber während er mich musterte musste ich sein Fauchen und Miauen über mich ergehen lassen. Ich zog mich auf mein Sofa zurück und beobachtete ihn. Der Abstand zwischen ihm und mir schien so zu stimmen, er schaute in die Schüssel, dann gönnte er mir noch einmal einen kurzen Blick und versenkte schließlich seinen Kopf in der Schüssel. Immer wieder unterbrach er das Essen, beobachtete mich und suchte die Terrasse mit seinen offenen und ich glaubte verängstigten Augen ab. Dann kümmerte er sich wieder um seine Schüssel und leerte sie bis auf den letzten Krümel. Ich stand auf und im selben Moment verschwand Carlito in seinem Versteck. In der Küche machte ich ihm noch eine Schale Katzenmilch und stellte sie ihm hin. Langsam kam er aus seiner Deckung heraus und fiel über die Katzenmilch her. Die Schüssel war leer, Carlito schaute sich um und verschwand. Das spielte sich jetzt ein, jeden Tag miaute Carlito, bekam dann sein Essen und seine Katzenmilch, dann verschwand er wieder. Bei der Sensibilität, die er an den Tag legte, wollte ich nicht wissen, was diese kleine, arme Seele erlebt haben muss. Obwohl ich ihn jetzt schon über einen längeren Zeitraum fütterte, vertraute er mir nicht. Wenn er in der Anpflanzung saß und ich kam ihm nahe verschwand er entweder sofort oder miaute und zeigte mir so, dass er diese Nähe nicht wollte. Wenn er die Schüssel mit Essen geleert hatte und ich kam mit der Katzenmilch, zog er sich zwar nicht mehr ganz zurück, doch wenn ich nicht aufpasste, schlug er mir beim Wechseln der Schüsseln die Krallen auf die Hand und einmal biss er mich sogar. Als ich ihn dann ein wenig lauter ansprach, fing er sofort mit Jammermiauen an. Ja keine Nähe zulassen. Balou hatte ich schon eine ganze Weile nicht mehr gesehen, nur die Vierpfotengang kam immer wieder vorbei, aber dann verschwand Carlito, er mochte nicht nur keine Menschen, sondern anscheinend auch keine anderen Katzen.

***

Mogli brachte einen Tag nach dem anderen hinter sich, immer das große Wasser an seiner Seite und seinem Sternbild folgend. Er merkte, dass er gut vorankam, konnte aber nicht abschätzen, wie lange er noch unterwegs sein würde. Inzwischen schlief er den Tag über fast immer auf Bauernhöfen und war ein gewitzter Futterdieb geworden, vor allem die Hunde waren seine Opfer, aber auch von den Katzen nahm er reichlich. Einmal kam er auf einem Hof an und schaute sich um und sah den Hund mit offenen Augen halb in seiner Hütte, halb außerhalb liegen, die Kette führte von einem Kettenlauf direkt zum Hund in die Hütte. Also keine Gefahr dachte Mogli und machte sich auf in Richtung der Geruchsspur, die ihm signalisierte, dass es in der Nähe des Hundes einen vollen Napf geben muss. Wie von der Tarantel gestochen sprang der Hund auf und kläffte Mogli sehr unfreundlich an, bevor er in großen Sprüngen auf ihn zukam. Mogli dachte noch, dass ihn jetzt gleich die Kette zurückreißt, aber dann sah er, dass das Ende der Kette immer noch in der Hundehütte lag. Der Hund war gar nicht angekettet. Mogli schaltete von null in den Turbo schaute sich um und sah einen Baum, der in erreichbarer Nähe stand, mit einem Satz hing er am Stamm und arbeitete sich mit seinen Krallen nach oben. Der Hund stand unten und machte nicht den Eindruck, dass er den Weg freigeben wird. So ging die Sonne auf und Mogli saß immer noch auf dem Baum, aber der Hund halt immer noch unten am Stamm.
„He, du willst du den ganzen Tag im Baum sitzen“, fragte ihn eine Stimme, die von oben kam?
Er schaute nach oben und sah eine Katze, die gemütlich auf einem dickeren Ast lag.
„Nein, natürlich nicht, aber die Möglichkeiten scheinen ja recht begrenzt.“
„Komm mit, ich zeige dir, wie du den Hund umgehen kannst.“
Mogli staunte nicht schlecht, die Äste auf der Rückseite des Baumes waren so lange, dass sie über einen Schuppen

reichten. Durch ein Loch kamen sie schließlich in den Schuppen, wo sich noch andere Katzen herumtrieben.
„Schau da unten stehen unsere Näpfe, haue dir erst mal den Magen voll, du siehst so aus als könntest du es gebrauchen“, sagte die Katze, die ihn in den Schuppen lotste.
„Danke, das stimmt, ich habe großen Hunger“, sagte Mogli und labte sich an einem der Näpfe bis er nicht mehr konnte.
„Ihr seid eine große Familie hier auf dem Hof, oder?“
„So um die 10 werden wir schon sein und was machst du in unserer Gegend?“
„Ich bin auf dem Heimweg auf meine Insel.“
„Deine Insel?“
„Ja, auf meine Insel, da wo ich herkomme, wo ich zu Hause bin.“
„Gut, Katze von der Insel, ich heiße Red und ich bin hier der Chef.“
„Ich heiße Mogli und ich freue mich, dass du mich so freundlich aufgenommen hast und mich zum Essen eingeladen hast.“
„Keine Sache, du kannst so lange bei uns bleiben wie du willst, nur pass vor Buck, also dem Hund auf, der hat kein gutes Verhältnis zu uns und uns zu jagen macht ihm anscheinend ganz besonderen Spaß.“
„Zwei, drei Tage wären nicht schlecht, ich bin die letzten Monate nur gelaufen und gelaufen. Eine Ruhepause kommt jetzt, denke ich, genau richtig Red.“

***

Inzwischen hatte sich ein festes Ritual etabliert, Carlito kam auf die Terrasse und miaute bis ich ihn bei seinem Namen rief.
„Hola Carlito, buenos días.“
Er antwortete dann mit einem ganz sanften lang gezogenem „Miauuuuuuu“, dass ich bald schon als „Ich bin es Carlito“ einstufen konnte.

Carlito saß dann auf dem Schuhabstreifer, schaute mich mit ganz großen Augen an, beobachtete genau was ich tat und miaute in einer ganz besonderen Herz ergreifenden Art, bis ich in die Küche ging und ihm seine Schüssel mit Essen füllte. Er folgte mir, blieb aber auf Abstand. Wenn ich mich in seine Nähe begab, wechselte er zwischen Miauen und Fauchen, lief aber mit erhobenem Schwanz, sich an allem reibend, was auf dem Weg zum Futterplatz stand. Dann wechselte er wieder in ein Miauen, das unterstreichen sollte, dass ich bis jetzt alles richtig gemacht hatte. Natürlich war er auf den notwendigen Abstand bedacht und ich durfte seinem Kopf mit meiner Hand beim Hinstellen der Schüssel nicht zu nahekommen. Um mich ein wenig vor seinen Krallen und Bissen zu schützen zeigte ich mit einem Finger der rechten Hand auf ihn und deutete ihm er solle auf Abstand bleiben. Er trat zwei Schritte zurück und ich musste mich erst setzen, bevor er den Inhalt der Schüssel begutachtete. Dann begann er zu essen, nicht ohne immer wieder innezuhalten, jedes Geräusch wahrnehmend und sich absichernd, dass ich sitze. Was hat diese Mieze wohl erlebt, was war ihr widerfahren. So scheu wie Carlito war, muss es etwas Traumatisches gewesen sein. Gut, bei mir hatte er seine sichere Futterstelle und ich muss ihn nicht anfassen, ich kann auf ihn Rücksicht nehmen. Um ihm ein Plätzchen zu geben, habe ich ihm ein Sitzkissen zwischen die Pflanzen gelegt und nach vorne mit einem buschigen Benjamini verdeckt, sodass er sich sicher fühlen konnte. In der Regel nutzte er das Plätzchen nach dem Essen und schlief ein bisschen, wobei er beim kleinsten Geräusch sofort wieder in Hab-Acht-Stellung war. Um Carlito machte ich mir inzwischen mehr Gedanken als um die ganze Vierpfotengang. Komisch, dass er Katzen auch als Bedrohung empfand, sobald er eine andere Katze hörte, setzte er sich sofort an einen der zwei Wege, die von der Terrasse wegführten und schaute ins Gelände. Manchmal versteckte er sich hinter einem Blumentopf, der auf einem Schränkchen stand, oder lag auf einem Gartenstuhl am

Tisch. Wenn ich mich dem Stuhl, auf dem er lag, näherte, verschwand er rasend schnell zwischen den Töpfen und miaute in einem Tonfall, der mir wohl sagen sollte, dass er das überhaupt nicht mag. Wie er miaute sagte mir, was er wollte, sein Miauen war für mich inzwischen wie eine Sprache geworden, die man verstehen konnte. Ich wollte auf ihn eingehen, sodass er vielleicht aus seinem Trauma herausfindet und das Leben einer normalen Katze leben könnte. Mein Verstand signalisierte mir, dass ich Geduld, sehr viel Geduld investieren musste.

***

Am nächsten Abend hatte ich seltenen Besuch, Balou wartete auf der Terrasse auf mich. Von Carlito war nichts zu sehen.
„Hallo Balou, dich habe ich schon lange nicht mehr gesehen."
„Es waren doch nur 7 Tage, das ist doch nicht lange."
Balou, wie ich ihn liebte, immer gerade heraus und auf Linie.
„Du hast recht, ich freue mich, dass du da bist."
„Wie kommst du mit Carlito klar, ist er bei dir auch so verschlossen?"
„Carlito", ich überlegte einen Augenblick, „also bei uns Menschen würden wir ihn zu einem Psychologen schicken, denn er steht total neben sich und fühlt sich bei jeder Bewegung und Annäherung bedroht."
„Er mag nicht mal Katzen, er geht sogar uns aus dem Weg und schneidet uns, wo es geht."
„Ein armes Kerlchen", ich hätte schon einige Fragen an Balou, aber ich wusste ja wie schnell er aus einer Unterhaltung ausstieg und so wartete ich ob etwas von ihm kam.
„Ja, ich würde auch gerne wissen was der erlebt hat, dem müssen Menschen und Katzen übelst mitgespielt haben."

„Gut, ich werde die Geduld mit ihm haben, die er braucht und hier hat er ein sicheres Plätzchen."
„Das ist gut so", bemerkte Balou und schlängelte sich durch die Töpfe davon.
Ich habe zwar nichts erfahren, aber wir hatten eine Konversation, also für meine Begriffe. Katzen hatten ähnliche Probleme wie wir Menschen, das war für mich höchst interessant. Traumatisierte Mieze, schade, dass die Gesprächstherapie nicht infrage kam, da ja Carlito kein Sprachwandler ist. Ich strengte mein Gedächtnis an, ob mir irgendetwas in der Erinnerung steckte, oder ein Ereignis bekannt war, das eine Katze so verängstigen konnte. Ich musste Balou unbedingt fragen, wie nah Carlito wirklich zu ihm verwandt ist und wo er herkommt, ob er noch irgendwelche Informationen für mich hat, die mir weiterhelfen könnten, Carlito zu verstehen. Eigentlich wollte ich mit Therapien und Co. nichts mehr zu tun haben, aber erstens war Carlito kein Mensch und zweitens fand ich den Gedanken faszinierend, dass die Psyche von Katzen bei stresstraumatischen Erfahrungen anscheinend so ähnlich zu funktionieren scheint wie bei Menschen. Gehirn ist Gehirn, warum sollten da nicht ähnliche Auffälligkeiten vorhanden sein, das wäre schon eine kleine Untersuchung wert. Mich begeisterte der Gedanke, Carlito aus der psychologischen, wissenschaftlichen Ecke zu betrachten. Es stimmt, ich musste mir beim Beobachten mehr Mühe geben und mit Carlito arbeiten, wenn es auch nicht leicht werden würde. So konnte ich wenigstens aus den Semestern, die ich Psychologie studiert hatte, etwas anwenden. Ich bin heute noch froh, dass ich dann gewechselt habe und die Wirren des menschlichen Gehirns hinter mir gelassen habe.

***

Mogli war zufrieden, dass er die Pause bei Red und seiner Familie eingelegt hat. Red ist gut herumgekommen und hatte für Mogli wertvolle Tipps für die weitere Reise. Red wusste wie wichtig es war, dass der Chef einer Familie seine Augen überall hat und vor allem sein Revier sauber halten musste. Er verstand, dass Mogli das Luxusleben in Hamburg nichts bedeutete, weil es für einen Clanführer sinnlos war nur auf sich selbst zu achten. Red konnte sich gut in Moglis Situation hineinversetzen und für ihn war ganz klar, dass Mogli von seiner Familie gebraucht wurde.

„Red, ich würde gerne noch 2 Tage bleiben, ich merke, dass mir die Ruhe guttut."

„Du kannst solange bleiben wie du möchtest, das tut auch meiner Familie gut, dann hören sie, dass man für die Familie Opfer bringen muss, außerdem sind deine Erzählungen am Abend ein Erlebnis."

„Bei uns ist es noch ein bisschen wilder als bei euch und ein Revier zu verteidigen ist manchmal sehr anstrengend und auch gefährlich, da dies meist mir Kämpfen verbunden ist."

„Da haben wir es viel leichter, unser Mensch würde seinen Hof immer selbst verteidigen und das nimmt uns viel Ärger ab, wir können uns auf das Wichtige konzentrieren."

„Das hat natürlich seinen Preis", meinte Mogli, „ihr habt euch in die volle Abhängigkeit der Menschen begeben und die bestimmen über euch und wie du erzählt hast greifen sie auch in die Familienplanung ein."

„Stimmt, doch in unserem Land ist das ganz freie Leben nur noch in den großen Wäldern möglich, aber wir sind keine Wildkatzen mehr, wir sind degeneriert und na ja, ähm Hauskatzen."

„Das hat mir Kalle auch erzählt und ich finde es gut, wenn man weiß, wo man steht und hingehört. Euer Leben hat auch viele Vorteile und ist kein so ein Kampf wie unser halbfreies Leben. Wir entwickeln uns auch in die Richtung Hauskatzen, es wird immer schwieriger in Freiheit zu leben. Die Reviere werden immer kleiner, weil die Menschen immer

mehr Häuser und Straßen bauen. Ein Revier kann eine Familie nicht mehr ernähren, da es nicht mehr ausreichend Nahrung hergibt, wir haben jetzt schon fast jeder eine Futterstelle und müssen uns mit den Gepflogenheiten der Menschen arrangieren, um nicht zu verhungern. Wir haben Glück, dass sich unsere Menschen freuen, wenn wir zu ihnen kommen und unsere Freiheit noch akzeptieren, aber wer weiß wie lange das noch so sein wird. Ich möchte gerne dieser Übergangszeit bei meiner Familie sein, denn das ist eine große Aufgabe."
„Das stimmt, mein Opa hat erzählt, dass es zu Zeiten seines Opas auch auf den Höfen für eine Katze nicht leicht war. Die Menschen duldeten uns zwar auf den Höfen, aber sie fütterten uns nur mit dem, was übrig war und verlangten, dass wir uns von Mäusen ernährten, die wir selbst zu fangen hatten. Aber heute ist die Mäusejagd nur noch ein Hobby von uns, um uns die Zeit zu vertreiben, die Menschen sorgen gut für uns."

***

Carlito, Carlito, was hast du erlebt und gesehen. Er saß wieder zwischen den Pflanzen auf seinem Kissen und äugte nervös aus seinem Versteck heraus. Es war immer das gleiche Ritual, er blieb auf Abstand, ließ keine Nähe zu und kam nicht zur Ruhe, kontrollierte bei jedem Geräusch mit seinen Augen die Umgebung und wenn ich ihn erschrak, weil er mich nicht gehört hat, zuckte er zusammen und verschwand. Es gab verschiedene Arten von Miauen, einmal ein leises lang gezogenes Miauen, mit dem er signalisierte, dass alles zu seiner Zufriedenheit läuft, dann das kurze aggressive, wenn ich ihm zu nahekam, oder er sich belästigt fühlte. Wenn ich sein Essen brachte, wartete er an der Terrassentüre miaute zustimmend, um im nächsten Moment zu fauchen und seine Zähne zu zeigen. Hier war ich mir nicht sicher, ob das Fauchen bewusst war, oder so in ihm steckte, dass es einem Automatismus unterlag. Was die Mieze anscheinend nicht kannte war schnurren, ich habe Carlito noch nicht einmal schnurren gehört und das war doch sehr seltsam. Eine Katze, die nicht schnurrt, gibt es so was überhaupt? Es könnte sein, dass sie das Fauchen mit schnurren verwechselt. Möglich wäre auch, dass es mit den Stimmbändern zusammenhängt und sie gar nicht schnurren kann, oder sie hatte bisher noch kein Bedürfnis zu schnurren. Wie auch immer, ich empfand eine Katze, die nicht schnurrt als unnormal und Carlito war ja, was sein Verhalten anging, auch alles andere als normal. Ich dachte, dass ich mit schocktraumatischem Erlebnis bestimmt richtig lag. Seine Reaktionen konnte ich gut einordnen, das war nicht allzu schwierig. Er legte sich beim Schlafen auch nicht bequem auf das Kissen, sondern lag auf seinen vier Pfoten, immer fluchtbereit. Das ließ mich annehmen, dass er stets fluchtbereit sein musste, um sich einigermaßen sicher zu fühlen. Es sah dann auch nicht so aus, als würde er schlafen, sondern das Ganze glich eher einem Kampf gegen das Einschlafen, also einer ein wenig unkoordinierten Angelegenheit, die mit erholsamem Schlaf nichts zu tun hatte. Carlito brauchte Zeit und das wusste bestimmt auch Balou, er musste sich ganz langsam daran gewöhnen, dass er in meiner Umgebung in Sicherheit war und es ihm an nichts fehlte. Meine Bewegungen werden langsam sein müssen, ohne ihn zu erschrecken und ich werde nicht versuchen, in anzufassen. Wenn er Fortschritte machen sollte, konnte ich das feststellen, das fällt auf, auch an kleinen Dingen. Da fiel mir ein, dass ich mich noch mit Myriam absprechen musste, um was es ging. Auf jeden Fall war dann für Carlito immer jemand da und er würde bestens versorgt sein. Es war wie bei den Menschen, wenn jemand traumatisiert war versuchte man erst einmal einen Schutzbereich aufzubauen, um den Betroffenen in Sicherheit zu wissen, die er selbst auch fühlen und mit der Zeit annehmen konnte. So war die Chance gegeben, dass sich das Verhalten mit der Zeit normalisierte und ein Ausbrechen aus den Schutzmustern, die der Betroffene entwickelt hat, möglich zu machen. Was bei Menschen klappen kann, müsste auch in der Katzenwelt zum Erfolg führen. Auf jeden Fall wollte ich Carlito helfen und alles für ihn tun, was in meiner Möglichkeit stand.

***

Am Abend hatte ich Besuch von Balou und der war wohl daran interessiert von Myriams Essen abzustauben. Nach der zweiten Schüssel schleckte er sich genüsslich um den Mund und schien mit sich und der Welt zufrieden. Ohne Aufforderung stellte ich ihm die geliebte Katzenmilch hin, der er sich ausgiebig widmete. Danach schaute er zu mir rauf und sagte:

„Wenn du an der Wand den Schalter berührst wird es hell, dann leuchtet das Licht, wie geht das?“

„Was, wie geht das, ich versteh deine Frage nicht Balou?“

„Ich möchte nur wissen, was es hell macht.“

„Wenn ich den Schalter drücke bekommt die Lampe Strom und dann leuchtet sie, hast du das gemeint?“

„Ich denke schon, also brauche ich einen Schalter und eine Lampe und ich kann es hell machen?“

„Gut, du brauchst natürlich auch Strom, das ist der wesentliche Faktor, dass das Ganze klappt, also die Lampe leuchtet, weil sie von Strom durchflutet wird.“

„Strom, wie sieht das aus?“

„Strom ist unsichtbar, aber eine Kraftquelle.“

„Das verstehe ich jetzt gar nicht“, meinte Balou und machte ein besorgtes Gesicht.

„Erklär mir doch Mal, warum dich das Thema interessiert Balou.“

„Ich dachte, dass man über Nacht das Zentrum wo unsere Höhlen liegen hell machen könnte, das würde fremde Katzen und vor allem den Kinderfresser bestimmt abschrecken.“

„Ach so, aber da bräuchtest du einen Stromanschluss auf deinen Namen und eine Versorgungsleitung des Elektrizitätswerks und ein Bankkonto, von dem man die Kosten abbuchen könnte und ich glaube das wird schwierig."
„Das versteh ich nicht, was ist ein Elektrizitätswerk und ein Bankkonto und was bedeutet abbuchen, das habe ich noch nie gehört?"
Ich wollte doch nur einen Spaß machen, aber das klappt bei Katzen nicht, die sind wie man an Balou sieht zu gerade strukturiert. Also muss ich jetzt versuchen mein Eigentor wieder auszubügeln.
„Strom muss hergestellt werden und dafür muss man bezahlen Balou."
„Ach, das ist wie, wenn ihr in einen Laden geht und ihr das Papier und das Klimperzeug braucht, um Sachen dafür einzutauschen?"
„So ähnlich ist das Balou", zog ich mich aus der Affäre. Aber ich hatte nicht mit Balous Aufmerksamkeit gerechnet das Gespräch war für ihn noch nicht beendet.
„Ich habe einen Menschen beobachtet, der hat einen Stab in seinem Garten in die Erde gesteckt und abends hatte er dann Licht von dem Stab. Kommt das auch aus dem Werk wo der Strom hergestellt wird?"
„Nein Balou, das nennt man Solarstrom, da wird untertags das Sonnenlicht in Energie umgewandelt und nachts an die Lampe weitergegeben."
„Das verstehe ich zwar nicht, aber es gibt Licht, also wäre das perfekt."
„Jetzt erzähl mir doch, was bei euch los ist, warum du denkst das Zentrum eures Reviers ausleuchten zu müssen", sagte ich zu Balou.
„Die Menschen bauen immer mehr Häuser und so werden es immer weniger Reviere, die uns freien Katzen zur Verfügung stehen und das gibt Probleme, weil die Vertriebenen in unser Revier eindringen. Ich habe aber selbst schon Probleme meine Familie durchzubringen."

„So schlimm sieht es aus Balou, das hätte ich nicht gedacht."
„Ja, das Problem ist auch, dass wenn wir uns in die Wälder zurückziehen würden zu wenig Essbares finden. Die Wälder haben sich sehr verändert."
In letzter Zeit habe ich immer wieder Studien über unsere Insel gelesen, die mir die Aussage von Balou bestätigten. Es wird fast kein Korn mehr angebaut, dadurch gibt es weniger Mäuse und andere Nagetiere, die Nahrungsgrundlage einer Wildkatze. Und die Besucher wurden angehalten keine Tiere zu füttern, also auch diese Futterquelle war versiegt. Ernste Probleme im Katzenparadies

***

Mir ging ein Licht auf, plötzlich machte die ganze Angelegenheit einen Sinn. Balou hat mit dem Einrichten der Futterstellen schon lange angefangen seine Familie näher an die Menschen heranzuführen. Er wirkte so der Krise, die in der Katzenwelt immer heftiger wurde, zwar entgegen, trotzdem war ihm die neu entstehende Abhängigkeit sehr bewusst. Ich hatte ihn unterschätzt, soviel Voraussicht hätte ich ihm ehrlich gesagt nicht zugetraut. Den größten Teil seiner Familie hatte er bei uns im Viertel schon untergebracht und das hat nicht schlecht geklappt. Die Señoras lieben die Miezen und verwöhnten sie nach Strich und Faden. Ihr Familienleben hatten sie aber noch in ihrem Revier, weil sie nicht als Hauskatzen gehalten wurden, sondern die Señoras ihre Freiheit akzeptierten und dass ohne Wenn und Aber. Es könnte sein, dass Balou zur letzten Generation Wildkatzen zählt, denn was da draußen anscheinend los war, ließ nicht auf einen langsamen Wechsel schließen. Ich verstand Balou immer besser, für ihn musste diese Zeit gerade die Hölle sein, denn ihm war bewusst, dass über lang oder kurz in seinem Revier der Platz für seine Familie eng werden würde oder er andauernden Revierkämpfen ausgesetzt wäre. Sicher war ihm schon bewusst, dass er aus seiner Familie langsam aber sicher Hauskatzen machen musste, um der Familie ein Überleben im Ganzen zu garantieren. Ich wollte nicht wissen, was er bei diesem Gedanken fühlte, war doch für ihn die gemeine Hauskatze das Letzte in der Rangfolge der Katzen. Armer Balou auf der einen Seite, aber cleverer Balou auf der anderen Seite, wie er die Familie schon abgesichert hat. Nur noch die alten Katzen waren täglich im Revier unterwegs und die letzten zwei Generationen hatten schon ihre Futterstellen. Und in dieser schwierigen Zeit brach Mogli weg und die ganze Verantwortung lag bei Balou, kein Wunder, dass er ein bisschen komisch rüberkommt, er ist wohl überfordert, weiß, dass alles von seiner Weitsicht abhing und das in seinem jungen Alter. Kein Wunder hatte Mogli ihn ausgesucht, in weiser Voraussicht hatte er die Gaben von Balou richtig erkannt. Wenn ich mir vorstelle, dass Balou wüsste, dass ich ahne was los ist …, ich denke, dass Don Inkognito eine Unterhaltung nicht zulassen würde, das geht außer ihm niemanden etwas an. Auch hier konnte ich ihn verstehen, denn was sich um uns herum vollzog war eine gut durchdachte Strategie, die zum größten Teil schon durchgeführt war. Raffiniert, deshalb ließ er keine Fragen zu, war kurz angebunden und gab meistens keine Auskünfte auf meine Fragen. Er wollte sich nicht in die Karten gucken lassen.

***

Am Abend erzählte Mogli, wie Kalle ihn aus seinem Gefängnis befreit hat und vor allem die jungen Katzen hörten sich die Geschichten von Mogli gerne an. Er erklärte genau, wie er sich von seinem Sternbild leiten ließ und wie schön es auf seiner Insel war. So gewann Mogli auch die Herzen dieser Katzenfamilie, die ihn freundlich aufgenommen hatte. Mogli sah die Vorteile eines Katzenlebens auf dem Bauernhof, doch leider gab es auf

Tenerife nicht so viele Höfe. Er war sich sicher, dass nur eine gewisse Kooperation mit den Menschen ein Fortbestand größerer Katzenfamilien sicherte und das hieß sich von lieb gewonnenen Freiheiten zu verabschieden und sich auf ein Leben als halbfreie Wildkatze, oder zeitweise Hauskatze einzustellen. Schon das Wort Hauskatze war für Mogli etwas Abartiges, die Vorstellung nicht mehr frei zu sein, in einer Abhängigkeit leben zu müssen, ließen seine Nackenhaare stehen. Oh je, dachte Mogli, man hat es einfach nicht leicht. Vor allem musste er erst einmal zu Hause sein, um den Umbau der Familie weiter voranzutreiben. Was hatte Balou inzwischen bewirken können, hat er seine Pläne während seiner Abwesenheit auch so weiterverfolgt, wie er es ihm aufgetragen hatte. Balou war eine Führernatur, zwar sehr jung, aber mutig und geradlinig, mit einem Sinn für das Familienleben. Er hat während Mogli noch bei seiner Familie war alles umgesetzt, was Mogli vorgeschlagen hatte, Balou hatte keine Schwierigkeit sich unterzuordnen, nein er liebte es sogar klar strukturierte Anweisungen umzusetzen und wuchs an seinen Aufgaben. Er hatte einen guten Draht zur Familie und genoss das Vertrauen jedes einzelnen Familienmitglieds. Die Verantwortung raubte ihm einen Teil seines jungen Erwachsenseins, doch Balou gehörte nicht zu den Jammerkatzen, die in bestimmten Situationen in Selbstmitleid erstickten. Was für ein Glück für die Familie, dass sie so einen jungen Kater hatte, auf den sie sich voll und ganz verlassen konnte. Mogli schnaufte zufrieden und tief durch und war innerlich beruhigt, er wusste, dass egal wie lange die Heimreise dauerte, er zu Hause angekommen alles so vorfinden würde, dass man darauf aufbauen konnte. Mit diesen Gedanken im Kopf schlief Mogli ein.

***

„He du, musst du immer schlafen, wenn ich dich besuche."
Oh, wie ich diese Katze liebe, gegen die ein Elefant im Porzellanladen, wie ein flauschiges Küken daherkam.
„Uääh, Balou du hier, ich muss wohl einen kurzen Moment eingenickt sein, kannst du mir das noch einmal verzeihen?"
„Verzeihen, dass du auf der Terrasse so viel schläfst, das ist dein Problem, ich habe genug eigene Probleme."
„Oh, da bin ich aber froh, dass du da keine Veränderungen an mir vornehmen möchtest."
„Also heute bist du wieder sehr egoistisch, du denkst auch nur, alles dreht sich um dich."
Das war meine Miezekatze, so lieb und einfühlsam nur auf mein Wohl bedacht, einfach nett, wie habe ich das die letzten Stunden vermisst.
„OK, Balou, was ist denn los, was hast du auf dem Herzen?"
„Meinem Herz geht es gut, aber ich weiß jetzt, warum Carlito so durchgeknallt ist."
„Du hast erfahren, was Carlito durchmachen musste, erzähl!"
„Also, Carlito ist gar nicht der richtige Sohn meiner Cousine, sondern, die hat ihn als ganz junges Tier gefunden. Von einer sehr alten Katze habe ich erfahren, dass Carlitos Eltern und er von den Katzenfängern erwischt worden sind. Die Eltern sind in die Käfigfalle gegangen, wahrscheinlich weil sie tagelang nichts zu essen hatten. Carlito haben sie mit dem Netz gefangen, aber der ist beim Verladen in das Auto aus dem Netz gefallen und konnte unter dem Auto durchspringend entkommen. Er muss dann tagelang allein durch die Gegend gelaufen sein, bis ihn meine Cousine gefunden hat. Meine Cousine und ein Teil ihrer Familie sind auf Wanderschaft gegangen, um ein neues Revier zu suchen und deshalb haben sie Carlito mir gegeben. Kann es sein, dass er deshalb so komisch reagiert und niemanden an sich ranlässt?"
„Das macht Sinn, Carlito wurde von seinen Eltern getrennt und hat deren Abtransport miterlebt. Dann kann er flüchten und ist als Katzenkind tagelang allein. Da hat er schon

einiges abbekommen, also einen gehörigen Knacks, möchte ich behaupten und jetzt, die Trennung von seiner Ersatzfamilie hat die ganzen Erlebnisse wieder hochkommen lassen. Ich verstehe vollkommen, warum Carlito so scheu ist und niemandem mehr vertraut. Menschen und Katzen haben ihm gezeigt, dass man sich auf nichts verlassen kann und es keine Konstanten gibt."
„Meinst du, dass Carlito wieder normal wird, oder wird er so bleiben wie er ist, was ich auf keinen Fall hoffe?"
„Balou, das weiß keiner. Eine erlebnisgeprägte Traumatisierung ist nichts Einfaches und es kann sein, dass sich Carlito in seine eigene Welt geflüchtet hat, die für ihn lebbar ist, sich uns aber nie erschließen wird."
„Das verstehe ich nicht, in seine eigene Welt, geflüchtet ...".
„Das ist Schwierig Balou, das kann ich dir auf die Schnelle nicht erklären, aber wir werden uns um Carlito kümmern und ihm helfen so gut es geht, mach dir keine Sorgen, ich habe genügend Erfahrung in diesem Bereich!" Es raschelte und Balou war wieder verschwunden.

***

„Mogli, aufwachen, sonst verpasst du noch das Essen", Red stupste Mogli leicht mit seiner Nase in die Seite.
„Mann habe ich gut geschlafen, ist es wirklich schon so spät?"
„Ja, Mogli, es ist schon dunkel und tiefe Nacht, wir haben dir extra was vom Essen aufbehalten, dass du nicht mit leerem Magen weiterziehen musst."
„Das ist nett von euch Red, vielen Dank."
Mogli machte sich über die Schüssel her und ließ nichts übrig. Dann kam die Zeit des Abschieds. Red begleitete ihn ein Stück und gab ihm noch wertvolle Tipps mit auf den Weg. Dieses Mal entschied sich Mogli direkt am Rand des großen Gewässers zu wandern, Red hatte ihm versichert, dass es sehr lange dauern würde, bis er wieder auf ein

fließendes Gewässer trifft. Er musste durch Städte und ernährte sich von dem, was er fand, zum Glück kannte er das noch aus früheren Zeiten, die, was das Essen anging, auch nicht immer so rosig waren. Tief nachts ist auf den Straßen nicht viel los und so war das Durchwandern von Stadtgebieten nicht besonders gefährlich. An den Stränden des großen Wassers hatten Fischer ihre Freude daran ihm kleine Fische zuzuwerfen. Mogli nahm diese gerne an, waren sie doch frisch und frischen Fisch durfte man einfach nicht liegen lassen. An den Stränden und in den strandnahen Städten lebten nicht so viele Katzen, auf jeden Fall traf Mogli auf den Straßen fast keine an und wenn er welche sah waren sie in dem Moment schon wieder verschwunden. Oft war es für ihn nicht einfach einen geeigneten Unterschlupf zu finden, an dem er den Tag verschlafen konnte, aber Mogli war einfallsreich und so dienten ihm die unmöglichsten Orte als Versteck. Oft verkroch er sich unter Treppen, aber auch in Vorgärten mit Vegetation, doch nicht bewohnte Gebäude und nicht gemähte Wiesen waren ihm lieber. Jetzt war er auf der Suche nach etwas für eine längere Unterkunft, er wollte einige Tage ausruhen und Kraft sammeln, ihm war aufgefallen, dass das Gelände abfiel und ihn nach unten führte. Was Mogli nicht wusste, war, dass er bereits Frankreich durchwandert hatte und die Ausläufer der Pyrenäen hinter sich ließ. Er hatte es geschafft in das Land zu kommen, zu dem seine Insel gehört. Er merkte, dass sein Sternbild nähergekommen war, aber trotzdem noch ein gutes Stück Strecke vor ihm lag, bevor er nach rechts musste. Ihm war noch nicht schlüssig, wie er das bewerkstelligen konnte, den rechts lag das große Gewässer und seine Insel lag in diesem großen Gewässer, aber damit wollte er sich noch nicht belasten, das hatte später noch Zeit, wenn es so weit war. Das war der große Vorteil von Mogli, sich nicht in vielen Ideen zu verlieren, sondern zielstrebig ein Ziel zu verfolgen und sein Ziel war so klar in den Himmel geschrieben. Er musste so lange auf das Sternbild zulaufen, bis sein Muster im Kopf so stand, dass er das reale Sternbild nach rechts verschieben musste, um eine absolute Deckung mit dem Sternbild von zu Hause zu haben.

10. Katzenleben

Endlich wieder Wochenende. Meine Perle hatte ein Premiummenü für ihre Lieblinge hergestellt. Für die Miezen gab es Pute, für mich gab es ebenfalls Pute, gut für mich gab es zusätzlich noch einen Salat und ich dachte, wenn die Miezen Salat essen würden, hätten wir das gleiche Menü. Myriam verwöhnte die Katzen und meinte, was für uns gut ist, ist auch für die Kleinen gut. Da war ich dann doch froh, dass sie für mich nicht extra kocht, so kam ich zu feinsten kulinarischen Genüssen. Balou würde mir erzählen, was für ein Glück ich doch habe, dass er mich regelmäßig mit seiner Verwandtschaft besucht. Ja, Glück muss man haben, „El arte de vivir“ (die Kunst zu leben) eben. Nicht dass Myriam vor der Zeit der Miezen nicht sehr gut gekocht hätte, nein das konnte ich nicht behaupten, aber jetzt kam noch eine Raffinesse dazu, die ich so nicht kannte. Sicher wegen der Gewürze wird in zwei Töpfen zu Ende gekocht, doch zum Beispiel empfand ich den Geschmack der verwendeten Zutaten, gerade beim Gemüse, intensiver. Das mag auch daran liegen, dass das meiste Gemüse, welches in den Katzenmenüs Verwendung fand, aus den Privatgärten der Señoras kam und so Biostandard hatte. Ich wusste, dass sie ihre Pflänzchen aus Samen selbst zogen und es sich meistens um sehr alte Sorten handelte, die eben noch Geschmack haben. Ich würde mich nicht wundern, wenn demnächst ein Kochbuch für Katzenmenüs in unserem Viertel entstehen würde. Die Rezepte wurden auf jeden Fall, so wie ich es mitbekommen habe, schon heftig ausgetauscht. So in meine Gedanken versunken merkte ich gar nicht, dass mich zwei neugierige Augen musterten und im selben Moment bekam ich deswegen mein Fett ab.

„Du, schläfst jetzt schon mit offenen Augen, ich wusste gar nicht, dass ihr Menschen das auch tut.“

„Ach Balou, es ist einfach schön dich zu sehen und du bist freundlich wie immer“, foppte ich ihn.
„Ich habe gerochen, dass das Essen fertig ist, nicht wahr?“
„Ja, du kommst genau richtig, Myriam richtet dir deine Schüssel bestimmt gleich her.“
„Und was war bei dir so los Balou?“
„Wie immer.“
Heute war er wieder kurz angebunden, wie immer, das könnte auch heißen, was erlaubst du dir mir die Frage zu stellen, wo ich doch nur zum Essen gekommen bin.
„Dann geht es dir gut?“
„Ja.“
Also ich denke das wird kein Gespräch geben, Balou ist zugeknöpft bis oben hin, vielleicht muss er sich gerade auf andere, wichtigere Dinge konzentrieren als auf ein Gespräch mit seinem Dosenöffner. Oh je, das waren jetzt böse Gedanken, zum Glück nur Gedanken. Balou verzog sich in Richtung Küche und bettelte Myriam gekonnt an, nach 10 Minuten verschwand er wieder, ohne sich groß verabschiedet zu haben.

***

Mogli hat einen geeigneten Unterschlupf gefunden, eine alte Scheune, am Rande einer kleineren Stadt, die mit Heu gefüllt war. Wie einem Ritual folgend formte er sich mit stapfenden Pfoten eine Schlafkuhle und probierte diese auch gleich aus. Sie musste gut sein, denn er verschlief den ganzen Tag und wachte erst auf als es schon dunkel war. Er dachte gerade daran, dass er noch was zum Essen brauchte, doch seine feine Nase signalisierte ihm, dass ganz in der Nähe etwas sehr Leckeres wartete. Er konzentrierte sich darauf, wahrzunehmen, woher dieser Geruch kam, dazu hob er seine Nase in die Luft.
„Papa, Papa, er ist wach, der Fremde ist aufgewacht.“

Sofort nahm Mogli seine Fluchtstellung ein und musterte seine Umgebung, konnte aber niemanden entdecken, zu dem die Stimme gehört. Dann schaute er nach oben und sah auf einem Querbalken einen jungen Kater stehen, der ihn mit seinen Blicken durchdrang.
„Hallo du da oben, wer bist du denn, wohnst du hier?"
Im selben Moment hörte er hinter sich ein Rascheln und drehte sich sofort um. Die imposante Erscheinung eines Katers sah ihn erstaunt an und dieser bewegte sich keinen Millimeter von der Stelle, nur seine Augen waren auf Mogli gerichtet.
„Das ist bestimmt euer Revier, ich wollte mich nur ein bisschen ausruhen, ich bin nur auf der Durchreise und gleich verschwunden", erklärte er vorsichtig.
„Auf der Durchreise, wohin soll es denn gehen?", fragte der Kater.
„Ich bin auf dem Weg zu meiner Insel, wo ich eigentlich lebe, aber die ist noch weit entfernt von hier."
„Aha, er ist auf dem Weg zu seiner Insel", wiederholte der Kater, ohne seinen Platz zu verlassen.
„Ja, die Insel heißt Tenerife, hast du schon mal von ihr gehört?"
„Schau, Tenerife heißt seine Insel", sagte er in die Richtung von Mogli.
Erst jetzt merkte Mogli, dass sich der junge Kater von hinten an ihn herangeschlichen hat und der alte Kater anscheinend zu dem Jungen sprach. Mogli drehte sich so, dass er beide Kater sehen konnte und beobachtete, wie sie ihn mit durchdringenden Blicken musterten.
„Wohnt ihr hier?", fragte Mogli noch einmal.
„Er ist ganz schön neugierig, aber seine Geschichte könnte stimmen, er hat den ganzen Tag verschlafen", meldete sich der junge Kater.
„Hast du auch einen Namen?"
„Ja, ich heiße Mogli und wie sind eure Namen"
„Ich bin Babo und das ist mein Sohn Chico."

„Also, wie gesagt ich möchte euch nicht länger stören und bin gleich weg", wiederholte sich Mogli, um jeder Art von Schwierigkeit aus dem Weg zu gehen, denn diese zwei Kater waren ihm nicht ganz geheuer.
„Wegen uns musst du nicht gleich gehen, wir wollen immer nur wissen, mit wem wir es zu tun haben", erwiderte Babo.
„Also wie gesagt, ich bin nur auf der Durchreise und wollte eigentlich einige Tage ausspannen, weil ich die letzten Wochen sehr viel gelaufen bin."
„Dann komm mit uns mit Mogli, wir können dir etwas zum Essen anbieten, du wirst bestimmt hungrig sein."
Mogli traute seinen Ohren nicht, erst diese merkwürdige Szene am Anfang und jetzt einfach zum Essen eingeladen. Er lief hinter Babo her und sie kamen über eine alte, halb eingestürzte Treppe in einen größeren Raum, in dem ungefähr 20 Katzen waren, davon mindestens sieben Katzenkinder, die miteinander spielten.
„Siehst du Mogli, warum wir so vorsichtig sein müssen, wir haben in letzter Zeit viele Jungen aufgenommen", erklärte Babo.
„Wo sind denn ihre Eltern?", fragte Mogli sichtlich bewegt von dem Eindruck, den die Katzenjungen bei ihm hinterließen.
„Eingefangen von den Fängern und eingesperrt in einem Haus mit Käfigen", raunzte Chico sichtlich wütend.
„Ja Mogli, für uns sind schlimme Zeiten angebrochen, die Menschen wollen uns halbwilden Katzen nicht mehr in den Städten und verfolgen uns und sperren uns dann weg. Bisher wissen wir nicht viel, da noch keine Katze aus den Gefängnissen entkommen konnte", klärte Babo ihn auf.
„Aber es gibt auch gute Menschen, die uns jeden Tag Futter bringen, anscheinend haben die verstanden, dass wir große Probleme haben", meinte Chico, „ohne die wären wir echt aufgeschmissen."
„Chico hat recht, diese Menschen wissen, dass wir unsere Freiheit brauchen und helfen uns, wo sie können. Es sind

ganz besondere Menschen, alte und junge, sie sind sehr vorsichtig und verstecken die Schüsseln mit dem Essen und dem Wasser, so dass sie kein anderer Mensch sehen kann. Sie kommen auch meistens sehr früh morgens oder in der Nacht, die wissen genau, dass man sie nicht sehen darf. Was für ein Glück wir haben, dass es diese Menschen gibt", erklärte Babo.
„Aber es ist trotzdem nicht leicht mit Kindern unterzutauchen, die sind manchmal einfach nicht zu kontrollieren" sorgte sich Chico.
„Ich kenne das von meiner Insel, bei uns ist auch alles im Umbruch, also es war zumindest so, als ich noch dort war. Wir mussten sogar Menschen suchen, die bereit waren unseren Familienangehörigen feste Futterstellen einzurichten. Bei uns ist aber eher ein Problem, dass die Menschen alles zubauen und kaum noch Platz für uns ist. Wir können nirgendwohin ausweichen, weil es Wasser nur bei den Menschen gibt, wir haben keine fließenden, oder andere Gewässer bei uns und regnen tut es auch nur einige wenige Tage im Jahr. Es gibt zwar einige Brunnen in der Stadt, aber die ist ein gefährliches Pflaster. Es ist keine leichte Zeit für uns halbwilde Katzen", meinte Mogli mit einem besorgten Gesicht.

***

Balou schlich durch das Gebüsch, beide Ohren auf Lauschbetrieb. Er suchte den Kinderfresser, es musste endlich zu einer Lösung kommen. Die Höhlen im Revier lagen günstig in der Nähe der Menschen, die als Futterstellen dienten, alles passte, außer dem Kinderfresser, der störte, und zwar gewaltig. Heute ist ein guter Tag, ich muss ihn nur finden dachte Balou. Er streifte durch das ganze Revier und schließlich sah er ihn, den Kinderfresser mit seinem griesgrämigen Gesicht. Jetzt nur noch anschleichen und ihn in zu einer Verfolgungsjagd provozieren. Balou hüpfte an ihm vorbei, die beiden trennten nur wenige Meter, der Kinderfresser ging von null auf hundert in den Verfolgungsmodus und Balou startete durch, immer am Rand des Barrancos entlang. Er kam der von ihm ausgesuchten Stelle immer näher, zog nach rechts durch die Büsche und hörte ein Geräusch aus Brechenden Ästen und Getöse hinter sich, der Kinderfresser hing ihm fast am Schwanz. Er steuerte zielstrebig auf einen über den Barranco liegenden Baum zu und balancierte auf diesem bis zum Ende, schaute sich kurz um und sprang auf die andere Seite, drehte sich um und konnte sehen, wie der Kinderfresser anscheinend zum Durchlaufen ansetzte. Dies gelang ihm aber nicht, die Äste bogen sich unter seinem Gewicht nach unten und er verlor den Halt und stürzte in die Tiefe. Gut dachte Balou, dann ist er jetzt erst mal versorgt und muss schauen, wie und wo er aus dem Barranco herauskommt, wobei das nur auf meiner Seite möglich ist. Er musterte die Äste und holte einen Anlauf, kam butterweich auf und hüpfte elegant vom Baumstamm. Er schaute in den Barranco und erschreckte sich, der Kinderfresser lag in einer Blutlache zwischen zwei größeren Steinen und bewegte sich nicht mehr. Balou wollte seinen Tod nicht, sondern wollte ihn auf die andere Seite des Barrancos verfrachten, um ihn aus den Pfoten zu haben. Er beobachtete die Stelle, an der der Kinderfresser lag, bis die Sonne unterging und erst jetzt war er sich ganz sicher, dass er nicht mehr lebte, er konnte keine Bewegung sehen. Ein trauriges Ende, aber so kann es einem gehen, wenn man vor lauter Hass die Realität um sich herum nicht mehr wahrnehmen konnte und nur auf seine Rache aus war. Am nächsten Morgen schaute Balou noch einmal an der Stelle vorbei und über Nacht hatten sich schon Aasfresser bedient, vom Kinderfresser war außer seinem Fell nicht mehr viel übrig. So schnell ging das hier, auch die Ratten hatten nicht genügend Futter. Jetzt war der Punkt für ihn abgehakt, ein übles Problem war aus der Welt seiner Katzenfamilie verschwunden.

***

Mogli genoss sichtlich das gute Essen, das ihm Babo überließ und war froh, dass Babo und seine Familie auch schon eine Lösung für die Übergangszeit hatten, wobei die Katzenfänger ein ernst zu nehmendes Problem waren. Doch der Schuppen bot den Schutz den Babos Familie brauchte.
„Na Mogli bist du satt geworden?", fragte Babo.
„Oh ja, das war so was von gut, eure Menschen wissen was wir Katzen mögen, die müssen euch echt gerne haben."
„Sie strengen sich an und wir wären ohne die Versorgung von ihnen aufgeschmissen, hoffentlich geht das noch lange so weiter", sorgte sich Babo.
„Wie läuft das eigentlich bei dir zu Hause oder besser noch, was musstest du alles machen, um deine Familie abzusichern Mogli?", wollte Chico wissen.
„Also bei uns fing das an, als in der Stadt ein großer verwilderter Park auf einmal mit Häusern voll gebaut wurde. Allein in diesem Park lebten 3 Familien, doch dann kam es dazu, dass immer mehr freie Flächen mit Häusern der Menschen zugestellt wurden. Ich musste mit meiner Familie in einen Barranco ziehen und das war für uns nicht leicht, normal hatten wir unsere Schlafplätze in alten verlassenen Gebäuden unter Treppen oder an anderen geeigneten Stellen. Man hörte Eindringlinge schon bevor die einen sehen konnten und so hatten wir einen guten Schutz. Menschen konnten gar nicht zu uns vordringen es war fast alles mit Dornengestrüpp überwuchert."
„So ähnlich war das bei uns auch", meldete sich Babo, „die Natur gab nichts mehr her, weil immer mehr Häuser entstanden und die Stadt wurde immer größer und verschlang unsere Reviere."
„Ja, der Kornanbau ging immer weiter zurück und unsere Beutetiere hatten nichts mehr zu essen und nach und nach gab es dann für uns fast nichts mehr zum Jagen", erklärte

Mogli, „auch die Katzenfamilien blieben davon nicht verschont, viele Familien starben aus, oder wurden gefangen und in die Käfiggefängnisse gesperrt. Dort gab es zwar reichlich zu Essen, aber das ist ein unwürdiges Leben für Katzen. Die Kater und Weibchen wurden von den Menschen unfruchtbar gemacht und selbst wenn sie einen Menschen fanden, der sie aufnahm, die Familie gab es ohne Nachwuchs dann nicht mehr. Vielen unserer Verwandten setzte das richtig zu, weil sie einfach die Gefangenschaft nicht ertrugen, sie saßen dann in den Käfigen und starrten stur in eine Richtung, oder liefen in den kleinen Käfigen immer im Kreis. Mir wird übel, wenn ich nur daran denke."
„Das ist ja interessant, ich wusste bisher noch nicht, wie es in den Käfighäusern zugeht, aber wie du das beschreibst Mogli, sind die ein Fluch für uns", Babo machte ein sorgenvolles Gesicht, er wusste, dass das Überleben seiner Familie und den aufgenommenen Katzenkindern keine leichte Sache sein wird.
Mogli erzählte weiter:
„Ich habe mir dann einen Menschen ausgesucht und mich beim ihm einquartiert, ich hatte großes Glück, dass das so einfach gelungen ist. Er hat mich gleich akzeptiert und ich hatte eine Futterstelle. Er ließ die Türe zum Garten immer einen Spalt auf, so konnte ich gehen und kommen wie ich wollte. Das Wichtigste war für mich, ihn genau zu beobachten, sodass ich die Gewohnheiten meines Menschen schnell kennenlernen konnte. Also, die Menschen haben manchmal schon merkwürdige Rituale und machen komische Dinge, aber einige schätzen uns Katzen und ernähren uns. Sie scheinen zu merken, dass sie unsere Freiheit nicht einschränken dürfen und halten sich auch daran, nur wenige sperren ihre Katzen ein und machen sie zu absoluten Hauskatzen, die dann sehr schnell zu nichts mehr zu gebrauchen sind. Mein Mensch hat mich regelrecht verwöhnt, ich bekam auch Milch zum Trinken, ach wie gerne möchte ich ihn wiedersehen, er fehlt mir sehr."

„Wenn du so Heimweh hast, warum bist du dann überhaupt von zu Hause weggegangen?“, wollte Chico wissen.
Mogli erzählte über die nächsten Tage seine Geschichte und alle Miezen hörten ihm gebannt zu. Er nutzte die Zeit auch, um sich für die weitere Reise auszuruhen.

***

Balou rief die Familie zusammen und zählte mit sich und den Kindern 15 Katzen, eine überschaubare Familie. Er erzählte, dass der Kinderfresser einen tödlichen Unfall hatte und so ihr größter tierischer Widersacher Geschichte ist. Diese Nachricht wurde von allen, aber vor allem von den Katzenkindern, freudig aufgenommen, man darf nicht vergessen, welche Ängste die vor dem Kinderfresser hatten. Balou hatte sich als Organisationstalent bewiesen, alle hatten eine Futterstelle, die Menschen im Revier waren nett, die Frauen, vor allem die älteren verwöhnten die Familie geradezu. Auch sein Mensch war in Ordnung er fragte halt ein bisschen viel und liebte Gespräche, ja ausführliche Gespräche und die Neugier muss ihm angeboren sein, aber sonst konnte man nichts gegen ihn vorbringen. Er kümmert sich sogar sehr gut um Carlito und das ist nicht gerade einfach, zumal der auch beißt und kratzt, ganz zu schweigen von seinen anderen Auffälligkeiten, die er hat. Das Essen von Myriam ist eine Offenbarung für eine Katze. Eigentlich könnte Balou zufrieden sein, wäre da nicht das Problem mit der Regenzeit und einem Wohnort in einem Flussbett. Nur wenn es stark regnete, drang das Wasser in die Höhlen ein, das letzte Jahr im Winter ist das drei Mal geschehen. Dann tropfte das Wasser auch von den Decken, das hat drei Familienmitglieder das Leben gekostet, sie wurden krank und sind dann gestorben. Er wusste, dass der Barranco keine bleibende Lösung sein konnte, aber es gab in der Nähe nichts, was sich als Unterschlupf geeignet hätte. In viereinhalb Monden fing die Regenzeit wieder an und bis dahin muss er etwas anderes gefunden haben, er möchte nicht noch mal Familienmitglieder verlieren, nein ganz sicher nicht. Die Hälfte der Familie, vor allem alle Kinder könnten bei Regen bei ihren Menschen bleiben, die sind schon gut an die Häuser gewöhnt und die Menschen sperren sie nicht ein, das war ganz wichtig, schließlich sind wir ja noch keine gewöhnlichen Hauskatzen. Aber dann fehlten immer noch sieben Schlafstellen. Es gab Jahre, da regnete es kaum, aber dann gab es auch Jahre in denen schüttete es regelrecht das Wasser vom Himmel herunter. Die letzten Jahre regnete es immer heftiger und genau das war es, Katzen und Regen waren keine Freunde und werden es auch nie werden. Wasser kann man nur zum Trinken brauchen und sonst zu nichts. Vielleicht sollte er doch mal mit seinem Menschen sprechen, doch die Menschen konnten nicht das Leben von halbwilden Katzen planen, das war immer noch Sache des Anführers. Nein so einfach war die Lage nicht, er musste die Sache zu Ende bringen, ohne die Einmischung eines Menschen, denn Menschen verstehen Katzen nicht so, wie man Katzen verstehen muss.

***

„Na Mogli ich sehe, dass du dich bei uns wohlfühlst."
„Oh ja, ich liebe das Familienleben und du hast eine gute Familie, dein Sohn ist ein ganz lieber Charakter und sehr neugierig, was zeigt, dass er bereit ist zu lernen und Verantwortung zu übernehmen, du kannst wirklich stolz auf ihn und deine Familie sein, Babo."
„Das bin ich Mogli, doch ich sehe auch große Probleme auf uns zukommen. Gut im Moment sorgen die Menschen bestens für uns, aber irgendwann werden die Fänger rausfinden wo wir uns verkrochen haben und einen nach dem anderen im Käfiggefängnis einsperren. Die jungen Kätzchen werden dann an Menschen abgegeben und zu Hauskatzen gemacht und die älteren von uns vegetieren

dann in den kleinen Käfigen vor sich hin, das sind keine schönen Zukunftsaussichten. Was hast du geplant als du noch auf deiner Insel gewohnt hast?"
„Ich habe mit meinem Neffen Balou zweimal das Revier mit der ganzen Familie wechseln müssen, am Schluss haben wir wieder in einem Barranco in Höhlen gelebt. Ich sicherte die Außengrenzen vom Revier und hatte mir einen Menschen ausgesucht, der sich um mein Essen kümmerte. Bei dem verbrachte ich sehr viel Zeit und mein Neffe Balou kümmerte sich um die Familie. Ich musste so viel wie möglich Zeit bei meinem Menschen verbringen, um zu lernen, was für ihn wichtig war und wie sein Leben innerhalb des Hauses verlief. Es war nicht ganz einfach für mich, er wollte sich in manchen Dingen einfach nicht unterordnen. Er hatte ganz schön viel Eigenleben, einfach nicht kätzisch genug, aber im Großen und Ganzen kamen wir ganz gut miteinander klar. Mit dem, was ich sah war ich zufrieden, wenn man seinen Menschen richtig erzog konnte man ganz gut mit ihm auskommen, man musste sich nur durchsetzen. Schließlich konnte ich meinen Plan mit Balou besprechen, dass wir für jedes Familienmitglied eine Futterstelle suchen müssen. Es war ganz einfach. Sobald sich ein Mensch auf der Terrasse oder in seinem Garten aufhielt, ging ein Familienmitglied in seine Nähe und maunzte ihn an, wenn er dann sofort etwas zum Essen suchte war es schon einmal sehr gut. Das wurde über ein paar Tage durchgezogen und wenn es jeden Tag Essen gab hatte man eine Futterstelle. Balou war gerade am Umsetzen der Futterstellenfrage, als ich entführt wurde, also hoffe ich, dass alles geklappt hat."
„Das wäre ein Weg, den wir auch ausprobieren könnten", meinte Babo, „wohl oder übel sollten wir uns damit abfinden mit den Menschen zusammen arbeiten zu müssen, was im Endeffekt nicht schlimm sein muss, wie wir ja an den Menschen sehen, die uns jetzt schon versorgen."

***

Balou lief anders als sonst durch das Gelände, er musste nicht mehr im Tarngang gehen, oder unsichtbar sein, der Kinderfresser war keine Bedrohung mehr. Erst jetzt merkte er, wie der alte Griesgram in sein Leben reinspielte. Er war bei seinem Menschen angekommen und tarnte sich, wurde zum Schatten seiner selbst.

Er beobachtete die Terrasse und sah, wie seinem Menschen immer wieder die Augen zufielen bis er sich entschloss ihn anzusprechen:

„Du, warum schläfst du so viel, hat das einen bestimmten Grund?"

Ich zuckte zusammen und brauchte einen kurzen Moment im Hier und Jetzt anzukommen, um zu realisieren, dass mich Balou schon wieder eiskalt erwischt hatte.

„Ah, Balou, wo kommst du denn her, hast du etwa Hunger?"

„Nein, ich wollte dir beim Schlafen zusehen und wissen, warum du so viel schläfst."

„Ich schlafe viel? Wie kommst du denn auf diese Idee?"

„Na, fast jedes Mal, wenn ich vorbeikomme, schläfst du auf der Terrasse und wenn du schon hier dauernd schläfst wirst du auch an den anderen Orten wo du bist schlafen, das ist doch nur logisch."

Unschlagbar die Katze, kombiniert und macht mich zum Faultier.

„Ganz so schlimm, wie du meinst ist es dann doch nicht. Wenn ich mich nach der Arbeit auf der Terrasse vom Arbeiten entspanne, dann kann es schon sein, dass ich kurz einschlafe, das ist durchaus normal. Also ich schlafe nicht überall wo ich mich aufhalte."

„Wenn du es sagst", meinte Balou trocken, „sag mal, wenn du aus irgendwelchen Gründen nicht bei dir zu Hause schlafen könntest und nicht gesehen werden willst, wo würdest du dann zum Schlafen hingehen?"

„Du meinst, wenn ich mich draußen verstecken müsste, wo ich mir dann einen Schlafplatz suche, Balou oder."
„Genau, was würdest du machen?"
„Gut im Sommer ist das nicht schwer, da kann man hier auf der Insel fast überall schlafen; das Problem ist eher der Winter, wenn es zum Regnen kommt. Aber lass mich mal überlegen …, also ich würde mir die Terrassen hier genau anschauen, denn hier im Viertel haben sich viele eingekauft, die im Ausland wohnen und nur noch ganz selten hierherkommen. Auf den Terrassen gibt es immer ein trockenes Plätzchen und so wäre das Problem gelöst. Also ich würde schauen, wo die Fensterläden zu sind und es einfach nach einem verlassenen Haus ausschaut."
„Aha, gut."
Ich hörte nur ein Rascheln zwischen den Blumentöpfen und dann war es wieder still. Hatte ich Balou überhaupt gesehen? Ich glaube nicht. Die Katze ist schräg, also nicht so wie Carlito, aber irgendwie schon ganz schön schräg. Macht mich an, weil ich ein Nickerchen auf der Terrasse mache. Unterstellt mir ich würde nur schlafen und fragt mich dann nach meiner Meinung. Halt, wie war das noch mal? Nicht gesehen werden wollen und ungestört schlafen? Musste Balou etwa abtauchen? Ist ihm jemand auf den Fersen? Es ist wie immer, wenn Señor Inkognito hier auftaucht, er hinterlässt mehr Fragen als Antworten, echt Balou eben.

11. Veränderungen

„Genau, du musst nur mit Katzenschläue vorgehen. Sucht euch nur Menschen aus, die unten in den Häusern wohnen, möglichst ohne Kinder, denn die sind für eine halbwilde Katze manchmal lästig. Ältere Menschen verstehen uns besser, die lassen uns auch unsere Freiheit und freuen sich, wenn man regelmäßig kommt. Eine Terrasse oder ein Garten sind ein großer Vorteil, denn manche Menschen wollen keine Katzen in der Wohnung, haben aber nichts dagegen, wenn man sich im Garten oder auf der Terrasse breit macht. Bei Hunden muss man schauen ob es passt. Also ich habe auch Freunde unter den Hunden, das harmoniert ganz gut, nur bei einigen Rassen muss man aufpassen, die werden meistens von jungen Menschen gehalten und sind recht angriffslustig. Aber ansonsten ist ein Hund auch eine Sicherheit, hat er sich an einen gewöhnt, wird man von ihm auch verteidigt und beschützt, das kann manchmal schon ein enormer Vorteil sein."

„Das hört sich gut an, ich bin froh, dass du auf uns getroffen bist, du bist ein guter Anführer, deine Familie wird froh sein, wenn du wieder zu Hause bist. So wie du es beschrieben hast macht alles Sinn. Ich muss größer denken und mich nicht darauf versteifen was war, sondern sehen, was in Zukunft möglich ist. Ich werde das mit Chico durchsprechen und es wird gut sein, wenn wir vor dem Winter anfangen diesen Plan umzusetzen. Bis alles steht können wir uns hier verstecken und wenn wir die Einteilung haben sind wir zwar verstreut, aber wir können Kontakt zueinander halten."

„Mach dir keine Sorgen Babo, du hast Chico an deiner Seite und die Jungen wachsen mit den Aufgaben, das konnte ich bei Balou beobachten, der war eine echte Entlastung für mich. Man muss den Jungen nur vertrauen und zuversichtlich sein, dann kann man seine Zeit viel besser nützen und muss sich nicht um alles selbst kümmern, nur

weil man meint der Andere macht's eh nicht richtig. Ihr werdet euren Weg finden und vielleicht wird das neue Leben viel angenehmer als wir es uns heute vorstellen können. Im Wandel liegt die Zukunft und wer immer den alten Dingen hinterher heult wird sich zwangsweise nicht weiterentwickeln."
„Das stimmt, unsere Vorfahren lebten im Wald und hatten einen täglichen Kampf, dann gab es immer weniger Wälder und wir sind näher an die Menschen herangerückt, manche ließen sich zu Hauskatzen machen und viele blieben halbwild, wie wir. Und zumindest an den Menschen, die uns füttern, sehen wir doch, dass es eine gemeinsame Zukunft geben kann. Wir werden zwar keine Hauskatzen, aber kooperieren mit den Menschen, um am Leben und mindestens einigermaßen selbstständig bleiben zu können", Babos Stimme hörte sich überzeugend an und Mogli war es so, als könnte er diesen notwendigen Wandel bei Babo erkennen, der bei ihm auch stattfinden musste bevor er sich zu radikalen Maßnahmen entschlossen hat.

***

Mein Mensch ist nicht dumm, der Vorschlag von ihm war gut. Das hätte mir auch auffallen können, wie viele Wohnungen und Häuser standen leer, oder wurden nur selten benutzt? Sogar die oberen Balkone waren meistens ohne Problem über Bäume erreichbar, das versprach gemütliche, sicher Schlafplätze. Das haben wir alles am Rand vom Revier, allein in der Straße wo mein Mensch wohnt waren mindestens 3 Wohnungen, auf die die Beschreibung zutrifft. Das war genial, denn dann konnten Nuri, Bela, Tati und Ben sich auf einem oberen Balkon ausruhen und schlafen, die Kleinen brauchen noch viel Schlaf. So lässt sich die Familie auch leicht zusammenhalten, die ganzen Futter- und Schlafplätze würden sich dann in einem neuen Revier befinden, das etwa so groß ist wie das jetzige. Mit den

Futterstellen haben wir mehr als Glück, egal, ob wir zu zweit oder zu dritt auftauchen, die Señoras holen einfach Nachschub aus der Küche und so viel und gut haben wir noch nie zu Essen gehabt. Ich habe wirklich das Gefühl, das die Menschen uns im neuen Revier gerne haben und sich mit viel Liebe um uns kümmern. Die Anbindung an die Menschen schützt uns denke ich auch vor den Katzenfängern, auf jeden Fall habe ich seit wir unsere Futterstellen festgelegt haben nichts mehr von denen gehört oder gesehen, das ist auch gut so. Es ist eine gewaltige Umstellung für uns alle, aber wir brauchen ein Leben, das nicht nur von Problemen beherrscht wird und das mit den drei toten Familienmitgliedern vom letzten Winter darf sich nicht mehr wiederholen. Wir waren über viele Tage immer wieder durchnässt und es war total kalt, dem hatten die drei Schwächsten nichts entgegenzusetzen und bezahlten schließlich mit ihren Leben. In absehbarer Zeit müsste auch Onkel Mogli wieder hier sein, er wird sich schon lange auf der Heimreise befinden. Alles in Allem standen die Zeichen gut für die Katzenfamilie und Balou machte seit langer Zeit einen entspannten Eindruck.

***

Mogli wusste, dass die Zeit gekommen war, um weiter zu ziehen, so sehr er auch Babo und seine Familie ins Herz geschlossen hatte, er musste an seine Familie denken. Er machte sich keine Sorgen, er hat großes Vertrauen zu Balou, denn seine Stärke war zu kombinieren und genau das umzusetzen, was er für nützlich hielt, aber das, was der Familie jetzt bevorstand brauchte einen erfahrenen Kater, der auch die Menschen gut kannte und so seiner Familie von großem Nutzen war. Auch Babo merkte, dass Mogli vom Kopf her, eigentlich schon unterwegs war.
„Na Mogli, du bist schon an der Planung deiner Weiterreise?“

„Ja, es wird Zeit, ich muss mich auf den Weg machen, noch bin ich in der Zone wo es im Winter richtig kalt wird und bis dahin sind es noch etwa viereinhalb Monde. In dieser Zeit möchte ich da angekommen sein, wo ich nur noch nach rechts muss, das heißt mein Sternbild in der Erinnerung steht dann neben dem echten Sternbild, mein Gefühl sagt mir, dass das zu schaffen ist."
„Willst du weiter am großen Wasser entlang ziehen?"
„Nein Babo, ich werde, um Zeit zu sparen den geraden Weg nehmen und durch das Land ziehen, das müsste mir eine Menge Zeit sparen und es ist einfach, das Sternbild ist jetzt fast jede Nacht zu sehen."
„Du hast recht jetzt kommt der Sommer und da ist der Himmel selten bewölkt, vor allem nachts kann man die Sterne sehr gut sehen, wann willst du aufbrechen?"
„Ich denke morgen Abend, ich habe mich gut erholt und uns bleibt so noch ein bisschen Zeit über wichtige Dinge zu sprechen."
„Das hört sich gut an und du kannst dich noch mal richtig satt essen." Mogli sah, dass Chico auf ihn zukam und blieb stehen.
„Mogli, kannst du mir bitte mehr von Balou erzählen, du hast gesagt, dass er schon sehr jung Verantwortung von dir übertragen bekommen hat."
„Klar Chico, frag mich einfach was dich interessiert und ich werde dir dann erzählen, wie Balou und ich mit der Zusammenarbeit angefangen haben."
„Wie bist du ausgerechnet auf Balou gekommen, gab s keine älteren Kater?"
„Nein, ich hatte nur drei zur Auswahl und zwei brauchte ich zur Reviersicherung, weil wir durch das Verschwinden von einem nach dem anderen Revier gezwungen waren, andere Familien nicht in unser Revier zu lassen. Ja, soweit war es durch den Bauwahn der Menschen gekommen, wir Katzen handelten gegeneinander, um nicht ohne Revier dazustehen. Balou ist ein wenig kleiner als die Anderen und so wollte ich

ihn nicht in die Kämpfe schicken, obwohl die Größe keinen Vor- oder Nachteil darstellt, man muss mit dem Kopf und dem Herz kämpfen, dann klappt es“.
„Warum vertraust du Balou?“
„Er ist sehr gelehrsam, hört immer gut zu und stellt so, wie du jetzt, immer Fragen und versuchte mich zu verstehen, aber das Wichtigste war, er ordnet sich voll und ganz unter.“
„Das hört sich so an, wie ich es mit Papa erlebe, wir reden viel und er fragt mich immer öfter, wie ich eine Sache sehe und dann entscheiden würde. Ich habe manchmal schon Angst etwas falsch zu machen, wenn ich allein was gemacht habe, was nicht richtig war, dann hätte es nur mich getroffen, aber wenn mir jetzt etwas passiert, hat das Auswirkungen auf die ganze Familie, also muss ich bevor ich etwas mache immer an die Folgen denken.“
„Genau Chico und das nennt man erwachsen werden und du bist schon recht erwachsen, das merkt man daran, dass du an die Folgen deines Handelns denkst und vor allem, weil du erkannt hast, dass du für deine Familie wichtig bist. Ich denke dein Vater wird dir immer mehr Verantwortung übertragen, zumal ihr ja so viele Katzenkinder habt.“
Mogli verbrachte noch Zeit mit Babo und nach einem ausreichenden Nickerchen zog er weiter, seinem Sternbild und so seiner Insel entgegen.

***

Balou war am Rennen, wie noch nie in seinem Leben. Auf dem Weg zu seinem Menschen dachte er, dass er seinen Augen nicht trauen kann. Die Katzenfänger waren zu viert im Gelände, mit Netzen und Boxen. Das wäre eigentlich kein Problem, doch seit dem Tod des Kinderfressers hatte er bei den Jungen die Zügel etwas lockerer gelassen und sie durften jetzt auch im Umkreis der Höhlen spielen. Und genau das könnte zum Problem werden, die Katzenfänger waren auf dem direkten Weg zum Mittelpunkt des Reviers und wenn

die Kleinen spielten waren sie nicht unbedingt leise, man konnte ihr Fauchen und Miauen ziemlich weit hören. Nur noch wenige Meter und er würde bei Inge auf der Terrasse sein, dort müssten sich Mick und Rafa aufhalten, es war Essenszeit. Er hatte mehr als Glück, sie waren tatsächlich da.
„Mick, Rafa sofort auf die Suche nach den Kleinen, die Katzenfänger sind im Gebiet, wenn ihr sie habt geht ihr geschlossen zu meinem Menschen, bei dem wird es keine Probleme geben."
Wie von der Tarantel gestochen flitzten Mick und Rafa ins Gebüsch und versuchten bei einem Stopp die Kleinen akustisch und mit ihrem Geruchssinn wahrzunehmen.
„Rafa, die sind am Abgang zum Barranco, ich höre sie ganz deutlich."
Die zwei rannten und fanden Nuri, Bela, Tati, Cela, Ben, Baro und Jano, gaben ihnen Bescheid was los war und machten sich auf den Weg zu Balous Menschen. Wie gut, dass Balou immer und immer wieder den Notfallplan mit den Kleinen besprochen hatte; bei dem Wort Gefahr wird alles getan, was die Älteren sagen, ohne Wenn und Aber. Das klappte jetzt hervorragend, die Kleinen erfassten den Ernst der Lage, waren sofort still und folgten Mick und Rafa, bis sie schließlich auf Ryans Terrasse ankamen und sich zwischen den Töpfen versteckten. Sie waren immer noch still, sich der Gefahr bewusst, Mick schaute nach ihnen und Rafa machte sich auf den Weg zu den Höhlen. Kurz vor den Höhlen kamen ihm Balou, Maxi, Shila und Lina entgegen.
„Nichts wie weg Rafa, sie sind uns auf den Versen, wir bringen den Terrassentrick und verstecken uns dann im Gebüsch nach der Terrasse, da können sie uns mit ihren Netzen nichts anhaben", gab Balou im Vorbeirennen von sich.
Rafa schlug einen Haken und rannte den anderen einfach hinterher. Hinter sich hörte er gefährlich nahe laute menschliche Stimmen, die sich irgendetwas zuriefen, er beschleunigte und sprang als letzter auf die Terrasse; er

schlitterte ein bisschen, konnte sich aber abfangen und verschwand mit einem Satz im Gebüsch. Die Señora schaute ganz verwundert, fünf Katzen überquerten ihre Terrasse und das, was sie an Geräuschen aus dem Gebüsch vernahm, hörte sich nicht so wie sonst an, es war viel lauter. Instinktiv griff sie nach ihrem Besen und platzierte sich schnell an der Stelle wo immer die Katzen heraussprangen. Zur richtigen Zeit holte sie aus und schlug mit voller Wucht in den Busch und hörte nicht auf, obwohl die Stimmen, die sie hörte, sie entfernt an Menschen erinnerte. Kurz danach standen zwei Männer auf ihrer Terrasse und als die Señora die Netze sah ließ sie den Besen weiter tanzen.
„So ein Gesindel, hier werden keine Katzen gejagt und schon gar nicht gefangen, macht euch aus dem Staub, oder ich hole den großen Besen ihr Taugenichtse, das wird ja immer besser, jetzt jagen die Söhne eines Esels die Kätzchen schon auf meiner Terrasse, das ist Hausfriedensbruch, ihr traurigen Gestalten, haut jetzt endlich ab!"
„Aber Doña Elena, wir sind von der Gemeinde."
Weiter kam der Katzenfänger nicht, Doña Elena setze den Besen jetzt wie eine Lanze ein und stieß die zwei Halunken, wie sie sie noch bezeichnete wieder in das Gebüsch zurück. Jetzt wusste sie wieder, warum sich Körperfülle lohnte, man konnte es auch mit Männern aufnehmen, wobei das in diesem Fall keine Kunst war, denn die Katzenfänger waren schmächtige Bürschchen, was sie ihnen auch noch hinterherrief. Den Rest kann man nicht aufschreiben, das würde einen total falschen Eindruck von Doña Elena hinterlassen, sie war ja nur so aufgeregt, weil es um die Kätzchen ging und da hat sie sich halt ein wenig vergessen, aber wie gesagt, nur ein wenig.

***

Balou war inzwischen bei Mick angekommen und sie zählten durch, es fehlte nur Minu, aber die wird bei ihrer Futterstelle

sein, sie ließ sich immer genügend Zeit und schmuste dann noch gerne mit ihrem Menschen. Es war eben ein Nehmen und Geben was die Menschen gefügig machte und es gibt schlimmere Dinge als gestreichelt zu werden.
„Mick du schaust nach Minu, ihr kommt dann hier her."

Heute freute ich mich ganz besonders auf meine Terrasse, ein schönes Gläschen Tinto, die leckeren Tapas, die mir Myriam zubereitet hat und endlich Ruhe, keine Probleme mehr, alles funktioniert, weil es nur um mich selbst geht und ich bin schon lange davon weg mir selbst Probleme zu machen. Mit einem herrlichen Plop verabschiedete sich der Korken aus der Flasche und das edle Tröpfchen hielt, was das Etikett versprach. Nur noch den Wein dekantieren, die Tapas aus dem Kühlschrank holen und dann nichts wie auf die Terrasse. Ich öffnete die Terrassentüre und dann sah ich nur noch eine Katzeninvasion an meinen Beinen vorbeistürmen, nur Balou saß auf der Terrasse und ich glaube wir hatten etwas zu besprechen. In weiser Voraussicht schloss ich die Terrassentüre und ging mit Balou an den nicht einsehbaren Teil der Terrasse.
„Ähm, ich wusste nicht was tun, darum sind wir alle hier bei dir", drückte Balou herum.
„Ja was ist denn überhaupt los Balou, das waren doch mindesten …?"
„Zwölf, fast die gesamte Familie, minus Mogli, alle sind jetzt, außer Minu, Carlito und mir, in deiner Wohnung, sonst wären wir fünfzehn. Wir mussten vor den Katzenfängern fliehen, die waren in unser Revier gekommen, zu viert und wollten uns mit Netzen fangen. Die hatten sogar Boxen dabei, in die sie uns bestimmt einsperren wollten, um uns dann ins Gittergefängnis zu sperren."
„Ihr seid alle entkommen, das ist das einzig Wichtige im Moment, wir werden eine Lösung finden, ihr könnt erst mal alle hierbleiben, bis wir wissen, was wirklich los ist."

In diesem Moment klingelte das Telefon und ich konnte hören, dass die Miezen das Klingeln nervös macht, ein vielstimmiges Miauen drang zu mir, also ging ich zurück in die Wohnung und musste mir das Lachen verkneifen, aus jedem Eck schaute mich eine andere Mieze an und das mit teils merkwürdigen Blicken.
„Garcia. Ach Doña Elena, das freut mich, dass sie anrufen."
„Ryan, du kannst dir gar nicht vorstellen, was ich heute schon durchmachen musste. Bei mir auf der Terrasse sind die Katzenfänger der Gemeinde gewesen und haben den armen Kätzchen nachgestellt, ist das nicht unglaublich."
„Ich habe schon gehört, dass es Probleme gab, aber dass sie betroffen waren ist mir neu."
„Es ist unverantwortlich von der Gemeinde, dass sie unsere kleinen Lieblinge jagen, das geht gar nicht. Das habe ich den zwei Eseln, die auf meiner Terrasse gelandet sind zu verstehen gegeben."
„Sie haben mit ihnen gesprochen und haben sie etwas erreicht?"
„Also gesprochen nicht direkt, aber die kommen bestimmt nicht noch mal freiwillig zu mir, sonst spiele ich den 2. Akt."
Ich verstand jetzt zwar nichts mehr, aber mir war klar, dass sich hier etwas anbahnte, das es zu regeln galt.
„Doña Elena, ich denke das Beste wird es sein, wenn sich die Katzenfreunde so schnell wie möglich treffen, um über diese Aktion der Gemeinde mit einer Stimme vorzugehen."
„Da gebe ich dir recht, obwohl ich denke, dass die nicht mehr so schnell in unser Viertel kommen, denen habe ich gezeigt was man erwarten darf, wenn man Kätzchen jagt."
Ich vermutete schlimmes, war doch Doña Elena, früher Besitzerin einer Bar am Hafen und selbst die Fischer, gestandene Männer, fürchteten sich vor ihr, wenn sie für Klarheit sorgen musste. Manch einen hat sie aus ihrer Bar geworfen und zwar bevor es zu Problemen kam, wenn sie einmal in Rage war, mutierte sie zu einem Panzer, der alles platt walzte, was ihm im Weg stand.

„Elena, sie haben aber nicht ...?"
„Ja klar habe ich. Die haben das bekommen was sie verdient haben. Kätzchen jagen und einsperren, aber nicht bei mir. Denen habe ich meinen neuen Besen vorgestellt und ich bin froh, dass ich vor kurzem die schwere Ausführung gekauft habe, als hätte ich es gewusst. Und ich verspreche dir, dass ich mich ins Rathaus fahren lasse und denen auch den Marsch blase, diese Tagediebe, haben die denn nichts Besseres zu tun."
„Doña Elena es war bestimmt angebracht, dass sie auf ihrer Terrasse die Miezen verteidigt haben, da wird man ihnen auch nicht viel anhaben können, aber das mit dem Rathaus ist keine so gute Idee, wir brauchen da noch jemand mit dem wir verhandeln können."
„Na gut, das ist ja wahrscheinlich nur mein Temperament, das bei diesem Thema mit mir durch geht. Ich wollte dir ja nur Bescheid geben, was los ist, also dann warte ich auf einen Anruf, ja."
„Sicher, sobald ich etwas in Erfahrung bringen konnte werde ich mich bei ihnen melden, bis dann."
„Gut, auf Wiederhören."

***

Balou hatte zugehört und sein Gesicht sah aus als würde er lachen. Ein lachendes Katzengesicht, ich brauche mal Urlaub.
„Mick hat alles gesehen, er versteckte sich im Gebüsch nahe der Terrasse von der Doña. Er hat mir erzählt, dass sie den zwei Katzenfängern ganz übel mitgespielt hat. Der Besen lag leicht in ihrer Hand und traf wie automatisch auf die Körper, also Mick war mehr als begeistert, so etwas hat er noch nie gesehen. Tatsächlich sind die zwei dann auch geflohen, nicht ohne einige Schläge auf den Hintern kassiert zu haben."
„Oh ja, das kann ich mir gut vorstellen, Doña Elena ist kampferprobt und sie gehört ganz sicher zu den Menschen,

mit den denen ich immer gut auskommen möchte Balou, da bin ich mir ganz sicher.“
In dem Moment geht die Terrassentür auf und Myriam kommt um die Ecke, sofort waren wir still, doch jetzt kam es knüppeldick:
„Ihr könnt ruhig weiter miteinander sprechen oder denkt ihr ich bin doof und habe nicht schon lange bemerkt was zwischen euch abgeht?“
„Du hast uns gehört?“, fragte ich vorsichtig.
„Und gesehen, was meint ihr, wenn zuerst du deine Lippen bewegst und dann die Mieze, dass ich denke ihr übt die kleine Katzenmusik, für wie dumm haltet ihr zwei mich eigentlich?“
Balou und ich waren auf diese Einlage nicht vorbereitet und wir schauten uns verdutzt an und diese Blicke sagten mehr als Worte.
„Gut, dann können wir ja gleich über die Situation sprechen, in der wir uns befinden“, meinte Balou.
Er hatte anscheinend im Umschalten weniger Schwierigkeiten als ich.
„Ja ähm, also gut“, stotterte ich.
„Ryan, Balou, was macht die ganze Vierpfotengang im Haus, was ist los?“ Wir erzählten Myriam alles, was wir an Informationen hatten und waren beruhigt, als sie über die Geschichte von Doña Elena so lachen musste, dass sie fast keine Luft mehr bekam.
„Gut dann werde ich mal bei Loli im Laden anrufen und die anderen Katzenfreunde benachrichtigen“, sagte Myriam in einem Ton, der verriet, dass die Situation für die Gegner sehr ernst werden würde „und dann brauchen die Armen etwas zum Essen, die sind doch bestimmt schon halb verhungert, vor allem die Kleinen. Hoffentlich hat Elena diese Esel mit dem Besen richtig erwischt, da war kein Schlag zu wenig, nein ganz bestimmt nicht.“

***

Was für eine Reise dachte Mogli. Tagelang war er unterwegs und sah keine Häuser, geschweige denn Ansiedlungen. Nur die Straßen erinnerten ihn daran, dass es Menschen in dieser verlassenen Landschaft gab, aber das war auch gut so. An den Rastplätzen setze er sich einige Meter von den Menschen weg und hörte dann wie sie sich über ihn unterhielten.
„Schau nur die arme Katze, wie dünn die ist, die findet hier doch nichts zum Essen und hat bestimmt Hunger und Durst."
Mal gab es für Mogli Thunfisch, Wurst, Käse, Ei, alles was der Mensch so auf Reisen halt isst und immer genügend Wasser. Er hat auch das Brot gegessen, wie gut, dass er noch zu den Allesessern gehörte. Erstaunlich wie gut die Menschen die Bedürfnisse einer Katze kannten, so fehlte es ihm in der Regel an nichts und er konnte seine Reise ohne Probleme fortsetzen. Auch das Schlafen war unproblematisch, nach dem Essen suchte er sich eine ruhige Ecke in der Natur und verschlief so den Tag, um abends wieder fit zu sein. Jetzt war er schon so lange unterwegs, dass er bald wieder am großen Gewässer ankommen müsste. Er war dem Sternbild auch immer nähergekommen und er fühlte eine große Sehnsucht, wieder bei seiner Familie sein zu können. Der Weg war jetzt ein wenig anstrengender, er musste oft über leichte Anhöhen wandern, aber seine Kraft reichte, zum Glück auch aufgrund der guten Verpflegung, die er auf den Rastplätzen abstaubte. Mogli war ein Überlebenskünstler der alten Schule. Ein, das geht nicht, gab es für ihn nicht. Man muss etwas nur ganz fest wollen, dann wird man es auch fertigbringen, das war schon sehr lange seine Devise und genauso lebte er, auch auf dieser Wanderung.

***

Aufruhr im Viertel. Die Nachricht der Geschehnisse hat die Runde gemacht und die menschlichen Katzenmütter waren nicht gerade erfreut über das, was sie hörten. Sie saßen, alle versammelt, auf meiner Terrasse, Myriam hat sie eingeladen. Die Katzen schlichen um die Füße ihrer Menschen, sogar Inge und Robert waren gekommen, sie wollten auch wissen, was wir vorhaben.

„Die Katzenfängerei muss sofort aufhören, wir müssen das Rathaus stürmen und denen ganz massiv Bescheid geben, was in unserem Viertel geht und was nicht. Die sehen Probleme wo es gar keine gibt, vielleicht sollten die auch mal meinen Besen spüren, um wieder zur Vernunft zu kommen", Doña Elena war in ihrem Element und wenn es nach ihr gehen würde, hätten die Räte und der Bürgermeister nichts zu lachen.

Elenas tanzender Besen im Rathaus.

„Genau, wir kümmern uns doch um die Katzen und was soll das, dass die Behörden schon auf unsere Terrassen und in unsere Vorgärten eindringen, das ist ungehörig und außerdem verboten, so kann es gar nicht weitergehen", Myriam hatte ihre Stimme erhoben, die keinen Widerspruch duldete und wehe dem der ihr widersprach, ganz ehrlich die Person möchte ich nicht sein.

Ich war selbst erstaunt, dass zehn Personen anwesend waren und alle Katzen irgendwie schon ihre Bezugsperson hatten. Balou schaute interessiert in die Menge und war, glaube ich sehen zu können, mit der Entwicklung mehr als zufrieden. Die Señoras hatten Essgeschirr und Köstlichkeiten wie selbstverständlich mitgebracht und die Vierpfotengang schnurrte in allen Tonlagen. Wir verständigten uns darauf, dass die Katzen erstmal in meiner Obhut blieben, da meine Terrasse von außen nur für Miezen erreichbar war und so die Katzenfänger nicht an sie herankamen. Wir wollten im

Viertel noch mehr Nachbarn für unser Anliegen gewinnen und erst dann beim Bürgermeister vorsprechen. So löste sich die Versammlung auf und eine traumhafte Ruhe kehrte auf meine Terrasse zurück.

***

„Ryan, ich habe Carlito nirgends gesehen, war der noch nicht hier“, Myriam blickte mich mit einem besorgten Gesicht an.
„Minu fehlt auch noch“, gab Balou von sich, ein bisschen unsicher vor den Miezen mit Menschen zu sprechen.
„Rafa, Mick, Jano und Maxi“, das waren die jungen Erwachsenen, „werden nach ihnen suchen.“
Balou miaute kurz und die vier verschwanden zwischen den Töpfen. Ich schaute Balou an und musste mir eingestehen, dass er wirklich ein Anführer war, so schnell wie seine Familienmitglieder reagierten. Der Rest der Miezen saß auf der Terrasse und Balou machte sich die Mühe uns jede Mieze mit Namen vorzustellen. Myriam war ganz angetan von den Katzenkindern Ben, Bela, Tati und Nuri und schmuste mit ihnen auf der Liege. Ach, wie schön und friedlich könnte die Welt doch sein. Nach einiger Zeit kamen die Kundschafter, wie Balou die vier nannte, zurück und hatten Minu dabei. Sie hatte gesehen, wie die Katzenfänger sich an Carlito anschlichen und dieser wie angewurzelt in Schockstarre stehen blieb und im Wurfnetz verschwand, dann kam er in eine Box und die zwei Männer verschwanden mit ihm.
„Myriam rufe bitte sofort Doña Elena an, ich brauche sie, wir fahren jetzt gleich zum Katzentierheim.“
Ich zog mich schnell um und wusste, dass ich das Sprechen ganz getrost Doña Elena überlassen konnte und mich nur auf Carlito konzentrieren musste. Wir sprachen uns ab, dass Carlito zu meinem Haushalt gehört. Doña Elena hämmerte nervös auf die Klingel ein, als sich die Tür einen Spalt öffnete, schob sie diese mit ihrer Leibesfülle auf und den Mitarbeiter einfach beiseite.

„Du Esel warst doch heute Morgen auf meiner Terrasse, habe ich dich nicht ausdrücklich gewarnt, dass du die Kätzchen in Ruhe lassen sollst“, sagte sie zu dem Angestellten, der nicht nur an den Armen blaue Flecken hatte, „und wo ist das Kätzchen das ihr Taugenichtse gefangen habt, gib es raus, oder willst du mit meinem Besen noch einmal Bekanntschaft machen?“
„Ähm wir dürfen …“
„Entschuldigung die Katze gehört zu meinem Haushalt und das Einzige, was sie dürfen ist, mir diese sofort zu übergeben, sonst müsste ich gerichtlich gegen sie vorgehen, haben sie mich verstanden.“
„Hast du den Anwalt nicht verstanden, er will sein Kätzchen wiederhaben, das ihr ihm geklaut habt, aber ein bisschen hurtig, sonst werde ich unbequem“, Doña Elena war in ihrem Element.
Jetzt kam noch ein Arbeiter um die Ecke, der sah aber auch leicht lädiert aus, hatte die Arme verkratzt, Kratzer im Gesicht, inklusive einer Bissspur, das dürfte Carlito gewesen sein. Es war gefährlich auf das Privatgrundstück der Doña Elena vorzudringen und auch mit Carlito war nicht gut Kirschen zu essen, das konnte man hier ganz eindeutig sehen.
„Ha der Zwillingsbruder des Esels ist auch da, wollt ihr jetzt endlich das Kätzchen herausgeben oder muss ich euch Beine machen.“
„Das ist nicht so einfach, wie sie sich das vorstellen, Doña Elena“, presste einer der Angestellten hervor.
„Was ihr wollt es mir nicht einfach machen“, Doña Elena ließ ihren Blick schweifen, anscheinend suchte sie einen Gegenstand, vielleicht einen stabilen Besen, um unserem Anliegen Nachdruck zu verleihen?
Ich mischte mich ein und erkläre den zwei Katzenfängern, dass ich eine Anzeige wegen Diebstahls und Hausfriedensbruchs gegen sie anstrengen werde und solange gegen sie prozessieren werde, bis sie ihr letztes Hemd

verpfändet hätten. Doña Elena war jetzt am Brodeln, so wie heißes Wasser, nahm einen der Angestellten an der Schulter und schob ihn Richtung der Käfige wo die frisch gefangenen Tiere in Quarantäne waren. Ein großes Schild wies ihr den Weg ich nütze ihren Rücken als Deckung und lief einfach hinterher. Da saß Carlito in der Ecke des Käfigs und sah gar nicht gut aus. Die zwei Angestellten hatten ihren Widerstand aufgegeben und einer gab Carlito heraus, der ihn in seine Arme biss und krallte bis das Blut lief, jetzt sah der Zweite genauso wie der Erste aus, voll lädiert. Erst als Doña Elena ihn an ihre Brust drückte wurde er ruhiger und verkroch sich schier in ihr.
„Und wie gesagt ihr zwei, wenn ich euch noch einmal in unserem Viertel erwische, dann geht es für euch nicht so glimpflich ab wie heute“, wetterte Doña Elena, während sie sich zum Ausgang schob und die zwei mit giftigen Blicken anschaute.
Erst im Auto schnaufte sie durch und mir wurde klar, warum sie den Spitznamen „das Schlachtschiff Elena“ hatte. Die zwei Angestellten standen an der Tür des Katzentierheims und sahen aus, als ob ein Hurrikan über sie hinweg gezogen ist.

12. Gerüche der Heimat

Mogli konnte das Salz in der Luft riechen und wusste, dass es bald am großen Gewässer ankommen würde. Er hörte auch schon die typischen Schreie der Lachmöwen. Am frühen Morgen schließlich lag das große Gewässer vor ihm und genau das war es, was überhaupt nicht stimmen konnte, das große Gewässer müsste auf seiner rechten Seite liegen und nicht vor ihm. Er schaute zu seinem Sternbild und das zeigte ihm, dass er weiter nach vorne und weiter nach rechts wandern musste. Gut nach vorne versperrte ihm das große Gewässer den Weg, aber er konnte sich nach rechts wenden, was er schließlich auch tat. Von der Anhöhe auf der er stand konnte er sehen, dass die Küste massiv besiedelt ist, so entschloss er sich ein wenig weg von der Küste zu wandern um nicht zu viele Straßen queren zu müssen. Einige Tage später war er in einer großen Stadt angekommen, ein gefährliches Pflaster für ihn, aber hier musste der Schlüssel zum Weiterkommen liegen. Er hat von einer Anhöhe vor Tagen über dem großen Gewässer Land gesehen, aber das war für ihn so nicht erreichbar. Durch das weiter wandern konnte er sich seiner Insel von rechts weiter annähern, aber jetzt war wieder ein großes Gewässer vor ihm, anscheinend ein anderes, denn dieses war viel wilder und hatte größere Wellen, so wie das große Gewässer um seine Insel herum. Wenn er jetzt weiter nach dem Sternbild wandern wollte, müsste er über das große Wasser gehen und da lag sein Problem. Er war eine Katze und Wasser war nicht sein Element. Er sah in der Ferne große Schiffe, wie er sie auch von seiner Insel kannte, sollte das der Weg sein, dass er so ein Schiff brauchen würde? Erst einmal musste er versuchen in deren Nähe zu kommen, aber zwischen ihm und den Schiffen lag die große Stadt und die sah für ihn gefährlich aus. Dann stellte sich die Frage, sollte er es auf so ein Schiff schaffen, fährt das dann auch in Richtung Tenerife. Fragen über Fragen kamen ihm in den Sinn und er beschloss erst einmal ein Nickerchen zu machen und dann ausgeruht an das Thema heranzugehen.

Doña Elena verknuddelte Carlito und dieser ließ sich das ohne Gegenwehr gefallen, er fühlte sich bei ihr anscheinend sicher. Komisch, welches Theater er bei mir abzog, obwohl ich ihn fütterte. Wieder auf meiner Terrasse angekommen, wollte Doña Elena Carlito auf den Boden setzen, sodass er etwas essen konnte, der krallte sich aber mit allen 4 Pfoten an ihr fest und Doña Elena so den Plan ganz schnell wieder aufgab. Wir einigten uns darauf, dass sie Carlito mit zu sich nahm und Jano mit ihr ging, um auf Carlito aufzupassen, wenn er draußen war. Dann verabschiedete sich Doña Elena und drückte Carlito an sich, was dieser sichtlich zu genießen schien, Jano trottete ihr hinterher.
„Balou jetzt weiß ich, warum du manches Mal so zugeknöpft warst, du hast schon eine sehr große Verantwortung zu tragen, das ist nicht leicht."
„Ja, das war heute ein anstrengender Tag, aber jetzt ist alles gut, wie habt ihr Carlito freibekommen?"
Ich erzählte Balou die Geschichte und der schien wieder zu lachen, also ich meinte zumindest das sehen zu können, sicher war ich mir aber nicht. Die Miezen hatten es sich nach dem Essen auf der Terrasse gemütlich gemacht sogar die Katzenkinder Nuri, Ben, Bela und Tati dösten alle zusammen auf einem Stuhl vor sich hin.
„Ich denke wir lassen Carlito für die Zukunft bei Doña Elena, so wie es aussieht mag sie ihn ja und komischerweise scheint es mir so, als fühle er sich bei ihr sicher", meinte Balou.
Und schon wieder glaubte ich ein Lachen in seinem Gesicht zusehen.
„Ja Balou, das hört sich vernünftig an und bei Doña Elena ist Carlito so sicher wie in einem Tresor, an ihr kommt wirklich keiner vorbei."

Balou legte sich zu seiner Familie und ich hatte noch einiges mit Myriam zu besprechen. Nach dem Wochenende müssen wir auf dem Rathaus vorsprechen, doch dieses Mal ganz sicher ohne Doña Elena, nicht dass sie dem Bürgermeister mit dem Besen droht. Das mit den zwei Katzenfängern ging gerade noch, weil die sich ohne Erlaubnis auf ihr Grundstück begeben haben. Es ist zwar nicht erlaubt gleich jemanden mit dem Besen zu bearbeiten, doch man muss sich einfach die Angst von Doña Elena vorstellen, sie als Frau, allein auf der Terrasse und dann die Geräusche aus dem Gebüsch, sie konnte ja wirklich nicht wissen, was da auf sie zukam. Die arme Frau war einfach überfordert. Und jeder im Ort kannte sie, wenn sie erstmal in Aktion war, war sie nicht mehr zu stoppen. Sie verteidigte ihr Heim und ihre Lieblinge, konnte man ihr da etwas vorwerfen. So müsste ich ihre Verteidigung aufbauen, sollte es zu einer Anzeige seitens der Katzenfänger kommen, was ich mir eigentlich nicht vorstellen konnte, den die hatten Hausfriedensbruch gegen sich stehen, aber sicher ist sicher und gut vorbereitet ist fast gewonnen.

***

Mogli kämpfte sich durch die Stadt und es war wirklich nicht leicht, enge Straßen und Gässchen, einen Verkehr wie er ihn noch nie gesehen hat und totale Hektik. Er war ziemlich schnell müde geworden, jetzt spürte er die ganze Reise in seinen Knochen und versteckte sich unter einer Treppe. Zum Essen hatte er auch noch nichts gefunden, ganz zu schweigen von Wasser. Er war ruhig wie immer, wusste, dass sich alles bald zu seinen Gunsten wenden konnte, das war es, was ihn immer wieder beruhigte, zu wissen, dass es von einem auf den anderen Moment anders aussehen konnte. Mit diesem Gedanken im Kopf lugte er aus seiner Deckung hervor und sprang auf den Gehweg, um dann einige hundert Meter weiter wieder in einem Vorgarten unterzutauchen. Er schnaufte gerade durch und hörte dann etwas hinter sich, das er in dem Moment nicht hören wollte, es war die große Nase eines Hundes, der gerade Witterung aufnahm und gegen eine Hundenase hilft auch der beste Schattentrick nichts, nicht einmal das Unsichtbar sein. Also entschloss sich Mogli dem Hund zuvorzukommen und sprang auf die Treppe, schaute in zwei erschrockene Augen und sprang auf der anderen Seite wieder runter, lief unter ein Auto und konnte so erstmal verschnaufen. Er hörte noch lange das Gebell und Winseln des Hundes, bis ihn sein Besitzer ins Haus holte. Verrückte Welt dachte Mogli, normal haben Hunde nichts gegen uns, nur wenn man sie einsperrt meinen sie ihr Gefängnis auch noch verteidigen zu müssen, sie stehen halt nicht auf einer Stufe mit uns, sind einfach nicht stark genug, nein zu ihren Menschen zu sagen. Ja, die Zähmung eines Menschen ist Arbeit, aber eine intelligente Katze profitiert dann ein Leben lang davon. Man darf nur nicht weich werden und inzwischen kann man von den Menschen selbst hören, dass man Katzen nicht erziehen kann, das haben sie wohl endlich verstanden. Es soll zwar Bücher geben, die das Gegenteil behaupten, aber wie sagen die Menschen selbst, „Papier ist geduldig". Mogli wechselte noch mal in einen kleinen Vorgarten und entschloss sich hier hinter einem Berg Gerümpel zu schlafen, bis es Nacht war, jetzt war alles zu hektisch und außerdem war er müde.

***

Sonntagmorgen. Ich konnte einen angenehmen Kaffeeduft ausmachen und entschloss mich deshalb aufzustehen. Auf der Terrasse tobte das volle Leben, fünfzehn Katzen minus zwei, wie Balou sich ausdrücken würde und zwei der Señoras kümmerten sich mit Myriam um die Vierpfotengang. Heute schien das Programm leben ohne Untermieter auf dem Programm zu stehen, die Miezen wurden auf Flöhe untersucht, was ihnen nicht unbedingt Freude bereitete, aber sie ließen es über sich ergehen. Wahrscheinlich vermuteten

sie, dass anschließend eine Belohnung in ihren Schüsseln wartete und Hunger machte gefügig, das wussten auch die Señoras und nützen das zu ihrem Vorteil aus.
„Die machen aus uns Hauskatzen, genau das habe ich befürchtet“, jammerte Balou.
„Ach was, ihr habt eure totale Freiheit und zusätzlich hat jede Mieze ab heute eine feste Adresse und darf somit nicht mehr gefangen werden, um das geht es Balou, dass ihr in Sicherheit leben könnt. Wo willst du hier als Wildkatze noch leben, die Zeiten sind leider vorbei, aber ihr habt einen sehr großen Vorteil, ihr habt Menschen, die sich um euch kümmern und alles für euch tun, das ist viel mehr wert als das Wort wild vor der Katze“, beruhigte ich ihn.
„Ja, ich denke du hast recht, wenn wir euch nicht gehabt hätten, das hätte ein übles Ende nehmen können.“
Balou hat mir echt gegeben, das kann nicht sein, muss ich jetzt meine psychoanalytischen Ressourcen rauskramen, um dem armen Kerl zu helfen, das konnte doch nicht sein, er sagte ich habe recht; doch bald, sehr bald werde ich bestimmt wieder auf den Boden der Tatsachen zurückgeholt, nämlich jetzt.
„Aber anderseits, ist das für euch auch ein großer Vorteil, ihr habt ja dann klare Anweisungen, die alles leichter machen und Katzen, um die ihr euch kümmern könnt, das wertet doch eure Leben ungemein auf“, die Stimme Balous war ernst, sehr ernst.
Ich wusste, dass es sich beim mir recht geben nur um einen kurzen Schwächeanfall handeln konnte und so war es auch, es wäre auch zu schön gewesen. Aber Balou war eine Katze und ich ein Mensch und Katzen suchten nur ihren Vorteil, dafür taten sie einiges oder ließen sich viel gefallen, bis zu einem bestimmten Maß eben. Balou konnte nicht aus seiner Haut, aber das war auch gut so, wer will schon eine Katze die Stöckchen holt und auf das Wort folgen würde, das wäre dann doch keine Katze mehr. Nein sie sollen so bleiben wie

sie sind, so lieben wir unsere Mitbewohner und so müssen wir sie auch lieben. Zweckoptimismus, nichts anderes.

***

In Cádiz war es dunkel geworden. Mogli war schon länger wach, blieb aber noch liegen. Die Reise hatte ihm körperlich zugesetzt, er fühlt sich müde und einfach schlapp. Er streckte und dehnte sich, schaute um die Ecke und versuchte den Salzgeruch, der vom großen Gewässer ausgeht, wahrzunehmen. Das war gar nicht so einfach, denn die Luft, die wie eine Dunsthaube über der Stadt lag, war angereichert von den Abgasen der Autos, der Entlüftungen der Restaurants und Bars. Doch er konnte eine leichte Spur aufnehmen und folgte dieser, vorsichtig, immer den Kopf drehend, um ja nichts zu übersehen, um sich von jeder Gefahr fernzuhalten. Er hatte das Gefühl nicht voranzukommen, immer wenn er dachte, dass er jetzt gleich das große Gewässer sehen müsste, taten sich wieder neue Straßen und Häuserschluchten auf. Das kann doch nicht sein, irgendwann muss doch Wasser kommen. Unermüdlich ging seine Suche weiter, bis der nächste Morgen anbrach, dann suchte er sich wieder einen Schlafplatz und wusste, bevor er sich schlafen legte, dass er seinem Ziel wieder nähergekommen sein musste. Der Tag verlief für ihn ruhig und so wachte Mogli am nächsten Abend einigermaßen erholt auf, also er fühlte sich auf jeden Fall besser als die letzten Tage. Sein erster Gedanke war etwas Essbares zu finden, er schlich zwischen den parkenden Autos umher und fand schließlich einen Karton, aus dem leckere Gerüche herauskamen und ihm direkt in die Nase stiegen. Er verschlang den Inhalt, ohne etwas übrigzulassen, seinen Durst konnte er an einem Brunnen löschen, das Wasser schmeckte zwar seltsam, doch das durfte ihn jetzt nicht interessieren, er musste trinken. Wieder zog er Straße um Straße weiter, um ans Wasser zu kommen und jetzt hörte er ein Horn, den Ton kannte er, das war von einem Schiff, nochmals ertönte das Horn und Mogli konnte die Richtung ausmachen, lief los und kurze Zeit später sah er den Hafen mit den Schiffen. Er stand am großen Wasser und wartete, dass sich einige Wolken verzogen, die ihm die Sicht auf sein Sternbild nahmen. Er hatte schon eine Vermutung und die bestätigte sich, als er sein Sternbild sah. Er musste weiter nach unten, was nicht ging, weil ein großes Gewässer den Weg versperrte und er musste weiter nach rechts, doch auch hier ist das zweite große Gewässer im Weg. Klar er kam von einer Insel und eine Insel liegt in einem großen Gewässer, also führt der einzige Weg zu seiner Insel über das große Gewässer.

***

Nach einem turbulenten Wochenende mit Katzen ließ Ryan am Montag alle Termine verschieben und vereinbarte eine Verabredung auf dem Rathaus. Da man ihn gut kannte wurde das auch möglich, außerdem sind unangenehme Nachrichten vom Tierheim bis ins Rathaus vorgedrungen. Er sprach sich mit Doña Loli ab, sie war gut angesehen und eine Diplomatin in Verhandlungen, die aber nie ihr Ziel aus den Augen verlor. Die anderen Señoras und an ihrer Spitze Myriam kümmerten sich um die Miezen. Doña Elena hatte eine Wunderheilung an Carlito bewirkt, er schnurrte, ja wirklich er konnte schnurren, fauchte bei ihr nicht, wich aber nur ungern von ihrer Seite. Er hat zumindest schon die anderen Katzenkinder beschnüffelt und interessiert zugeschaut, als diese gespielt haben. Nur mit mir schien er ein Problem zu haben, er sah mich und begann zu fauchen. Wahrscheinlich hat das mit den Katzenfängern zu tun, er misstraut Männern, weil er hinter jedem Mann einen potenziellen Katzenfänger vermutet; könnte sein, würde Logik machen. Ich habe mich mit Doña Loli am Rathaus verabredet und machte mich auf den Weg.

„Ryan, bist du dir sicher, dass Elena mit einem blauen Auge davonkommt, sie hat es ja nur gut gemeint?"
Das war auch eine niedliche Umschreibung für die blauen Flecken, auch wenn sie es nur gut gemeint hat.
„Ich bin mir sicher, dass ich das so hinbekomme, dass Doña Elena zufrieden sein kann, sie hat halt nur ein wenig übertrieben, glaube ich."
„Doña Loli, Ryan einen guten Morgen, schön, dass wir uns treffen können, es ist ja einiges passiert vor dem Wochenende."
„Herr Bürgermeister, das könnte daran liegen, dass ihr Angestellten nicht auf dem Laufenden waren und so eine Situation geschaffen haben, die ich mal sehr unglücklich nennen möchte."
„Gut, ich möchte es einmal so ausdrücken, wir haben Erlässe des Gemeinderates, die unsere Mitarbeiter vom Tierheim umzusetzen haben und eben einer solchen Anweisung sind sie nachgekommen, zumal eine Klage eines sehr besorgten Anwohners vorlag."
„Die Klage eines Anwohners?", fragte ich neugierig.
„Ich weiß, dass sie mir den Namen nicht nennen dürfen, doch ich hätte gerne den Grund der Klage erfahren, der unterliegt nicht dem Datenschutz."
Der Bürgermeister kramte auf seinem Schreibtisch und blätterte schließlich in einer Akte, mit einer etwas unsicheren Stimme erklärte er uns:
„Ein Bürger hat sich beschwert, dass er die Abdrücke von Katzenpfoten auf seinem Auto vorgefunden hat und als ob das nicht schlimm genug gewesen wäre, es waren leichte Kratzer im Lack der Kühlerhaube."
„Katzenpfotenabdrücke auf der Kühlerhaube", presste Doña Loli entsetzt durch ihre Lippen, „ja da müsste man doch gleich der Armee Bescheid geben, dass die mit einem Regiment im Viertel einmarschiert, unerhört der Vorfall, da hatten wir ja Glück, dass sie uns nur die Katzenfänger geschickt haben."

Ich musste mir ein Lachen verkneifen, denn Doña Loli verzog ihr Gesicht und blickte den Bürgermeister ernst an, so ernst, dass dieser zu stottern begann.
„Ähm, das ist ein ernstes Anliegen eines besorgten Bürgers", konterte er.
„Herr Bürgermeister, das ist die Beschwerde eines Tunichtguts, der uns jedes Jahr über den Winter auf die Nerven geht und meint er müsse seine Gesetzmäßigkeiten, oder besser gesagt seine Sicht der Dinge und einiges darüber hinaus, hier, bei uns einführen, sie wissen genau, dass das Auto für einen Spanier ein Gebrauchsgegenstand ist, nicht mehr und nicht weniger. Jetzt lassen sie sich für so eine Aktion vor den Karren spannen, für jemanden, der ihnen und der Verwaltung jede Woche den Briefkasten mit unnötigen, provozierenden Anträgen zumüllt."
Ich wusste, um wen es sich handelt, ich hatte diesen Herrn, in der Zeit kurz nach meiner Kanzleieröffnung, schon einmal vertreten, wirklich ein unangenehmer Zeitgenosse, der versuchte jeden und alles zu bevormunden. Er wohnte zu unserem Glück nur über den Winter hier, dann ging er wieder in sein Heimatland, die hatten dort bestimmt auch ihre Freude an ihm.
„Mit dem kommen nicht mal seine eigenen Landsleute, die hier wohnen, klar und dem haben wir diese Aktion zu verdanken, Herr Bürgermeister, das darf nicht wahr sein", sagte Doña Loli vorwurfsvoll.
„Gut, ich denke wir sollten das Ganze nicht an die große Glocke hängen, obwohl es sich immerhin um eine wilde Katzengroßfamilie zu handeln scheint."
„Da muss ich sie enttäuschen, es handelt sich um Balou, Rafa, Mick, Shila, Minu, Lina, Cela, Baro, Jano, Maxi, Ben, Nuri, Bela, Tati und Carlito kurz gesagt um unsere Katzen. Die haben alle eine feste Adresse im Viertel, Herr Bürgermeister, sie werden gefüttert und auch anderweitig versorgt, also kann man hier nicht von wilden Katzen sprechen."

Zum Glück haben wir alles über das Wochenende geklärt. Bei der Entflohungsaktion hat jede Mieze ein Antiflohband erhalten und jede Señora wusste, für welche Miezen sie zuständig war, so haben wir die notwendigen Tatsachen geschaffen, die uns jetzt helfen können.
„Ja aber die laufen doch draußen herum“, versuchte der Bürgermeister sich in eine gute Position zu bringen.
„Raúl, jetzt nimm dein Hirn mal zum Denken, das sind Katzen und Katzen streunen immer draußen rum. Was kann die Stadt gegen ein Viertel haben, in dem die älteren Mitbürger sich vorbildlich um Katzen kümmern. Mein Laden hat die letzten Jahre nicht viel abgeworfen, trotzdem habe ich aus Verantwortungsgefühl weiter gemacht und meine Kunden in der Krise anschreiben lassen, dass sie den Monat überleben konnten. Jetzt mit den Katzen läuft ein bisschen was und ich kann mir notwendige Reparaturen leisten, nach Jahren wieder. Glaubst du Bürgermeister, dass ich mir das wieder nehmen lassen. Unser Töpfer Don José hat mit seinen 80 Jahren wieder zu töpfern begonnen und kann sich jetzt eine Haushaltshilfe leisten, nur weil er Katzenschüsseln herstellt und diese auch bei den Touristen gut ankommen. Sein Enkel interessiert sich jetzt auch für die Töpferei, weil er eine Zukunft sieht und das willst du uns kaputt machen indem du unsere Katzen fangen lässt, um diese dann einzusperren. Raúl denk daran, es gibt wieder Wahlen und das würde sich in deiner Vita nicht gut machen, nein überhaupt nicht gut.“
„Aber die Körperverletzungen an meinen Mitarbeitern sind …“
„Herr Bürgermeister, ich bin als Anwalt von Doña Elena einverstanden, dass wir der Sache nicht nachgehen. Die städtischen Mitarbeiter haben den Bogen überspannt, sie haben sich des Hausfriedensbruches und des Diebstahls schuldig gemacht, ich würde hier sogar noch den Vorsatz geltend machen wollen, also ich denke, es ist für beide Seiten besser, wenn wir das einfach vergessen.“

„Diebstahl?"
„Ja, Herr Bürgermeister noch werden Tiere bei uns vor dem Gesetz wie Sachen behandelt und Carlito wurde mir somit gestohlen. Sie können froh sein, wenn ich hier nicht auf die geschädigte Psyche von ihm eingehe und prüfen lasse, ob die Wiederherstellung der Sache, in den Originalzustand, die Besuche bei einem Tierpsychologen erforderlich machen könnten."
„Besser hätte ich das nicht sagen können", schloss sich Doña Loli meiner Ausführung an „und was meinst du jetzt Bürgermeister ist die Sache erledigt, oder willst du dich tatsächlich auf einen langen, für dich nicht gewinnbaren Gerichtsprozess einlassen?"
Er schaute an die Decke und sagte dann sehr leise:
„Der Fall ist erledigt".
„Bürgermeister ich konnte dich nicht hören", sagte Doña Loli streng.
„Ja, der Fall ist für mich abgeschlossen."
„Dann können wir davon ausgehen, dass die zwei Angestellten sich bei Doña Elena entschuldigen Herr Bürgermeister."
Er holte tief Luft, aber ich unterbrach ihn.
„Entschuldigung, das war nur ein Scherz Herr Bürgermeister."

13. Schicksalsstadt Cádiz

Also ich bin mir ganz sicher, dass ich nur mit einem Schiff auf meine Insel komme, aber mit welchem?, dachte Mogli. Er war nicht enttäuscht, denn er war bis hierhergekommen und das ist schon eine sehr große Leistung. Jetzt musste er im Hafen spionieren, vielleicht konnte er ja bei den Seefahrern etwas Nützliches aufschnappen. Er suchte einen Weg zu der Hafenanlage, merkte, wie groß hier alles war und versuchte immer irgendwie in Deckung zu bleiben. Er schlich unter geparkte Autos, schaute gebannt nach den Schiffen und wusste, dass er näher, nein noch viel näher an die Schiffe herankommen musste. Das Einzige was er nicht sah, waren Menschen, alles schien hier wie von selbst zu laufen. Riesige Kräne nahmen einen nach dem anderen Container vom Schiff und die wurden dann wieder von fahrenden Kränen aufgenommen und dieses stellten die Container auf die bereitgestellten Lastwagen. Vielleicht war das doch keine so gute Idee dachte er, aber er musste an die Menschen herankommen, die hier arbeiten. Er beobachtete den Abschnitt des Hafens, in dem er sich gerade aufhielt, ganz genau. Nach einiger Zeit bemerkte er eine Gruppe von Menschen, die zusammen ein Schiff verließen. Die Seeleute hatten anscheinend gute Laune, denn sie lachten und alberten herum. Sie kamen an eine Kontrollstelle und dann waren sie wie Mogli vor dem Zaun. Er folgte ihnen in gebührlichem Abstand, immer bereit sich irgendwo zu verstecken. Nach einer gefühlten Ewigkeit gingen sie schließlich in eine Bar. Mogli versteckte sich unter einem Auto, er konnte die Männer zwar sehen, aber um wirklich zu verstehen, über was sie sich unterhielten, war er zu weit weg von ihnen. Dennoch erschien es ihm das Beste, wenn er erst mal hierblieb und die Bar weiter beobachtete.

„Na du, das ist aber eine schlechte Stelle um an Essen zu kommen."

Mogli erschrak und schlug mit dem Kopf gegen den Autoboden, er hatte nicht bemerkt, dass sich jemand genähert hat. Er schaute in die Richtung aus der die Stimme kam und sah einen Kater, der ihn neugierig anschaute.
„Du hast mich vielleicht erschreckt, schleichst du dich immer so an?"
„Du bist wohl nicht von hier oder?"
„Nein ich komme ursprünglich von einer Insel und bin nur auf der Durchreise."
„Das klingt ja spannend, auf der Durchreise."
„Ja und du, du lebst hier?"
„Ja, ich lebe hier in der Nähe."
„Was ist das denn für eine Insel, von der du kommst?"
„Sie liegt im großen Gewässer irgendwo weiter nach unten von hier und dann rechts."
„Das große Gewässer heißt Atlantik und du hast recht es gibt ein paar Inseln im Atlantik."
„Du kennst die Inseln?"
„Nicht alle aber einige."
„Kennst du Tenerife?"
„Dem Namen nach schon?"
„Was heißt, dem Namen nach?"
„Ich weiß, dass es sie gibt."

***

„Ja und am Schluss hat er dem Bürgermeister noch gesagt, dass sich die zwei Katzenfänger bei Elena entschuldigen müssen, der Bürgermeister ist schier geplatzt, dann sagte er, war doch nur ein Scherz Herr Bürgermeister, also unser Ryan hat schon was drauf, der hat den Bürgermeister geradezu zerlegt."
„Also so schlimm war ich auch nicht, Doña Loli, ich musste den Bürgermeister nur davon überzeugen, dass wir ihm keine Arbeit machen wollen."

„Das heißt, dass in unserem Viertel jetzt keine Katzen mehr gejagt werden, oder wie müssen wir das verstehen?“, fragte Myriam.
„Ich denke der Bürgermeister hat verstanden, dass in unserem Viertel eine neue Ära angebrochen ist, er wird es sich mit uns nicht verscherzen wollen, also alles gut“, beruhigte ich.
Die Señoras waren sehr zufrieden und wendeten sich dem Kuchen zu, den Myriam gebacken hatte, Kaffeeduft lag in der Luft und so viele Menschen wie die letzten Tage waren schon lange nicht mehr auf meiner Terrasse. Balou hatte mit den Miezen gesprochen und die Einteilung steht. Die Kinder wurden in 2 Gruppen geteilt und immer ein junger Erwachsener passte auf sie auf. Es wird sich nicht viel ändern, außer dass Carlito fest bei Doña Elena wohnen wird, da ist er bestens beschützt und muss sich um nichts Sorgen machen. Ich setzte mich auf meinen Stuhl und als ich wieder aufwachte, war nur noch Myriam mit Balou auf der Terrasse.
„Na, wieder unter den Lebenden?“, fragte Myriam.
„Aber er war doch gar nicht tot, er hat doch nur geschlafen, wie immer“, bemerkte Balou.
Das war meine Mieze, einfach nur schräg, ohne Worte.
„Ich muss wohl eingeschlafen sein, war ein hartes Wochenende, aber jetzt ist wenigstens alles geklärt.“
„Ja die Familie ist in Sicherheit, wir haben alle Schlafplätze und Futterstellen, für die Kinder ist es so das Beste“, sagte Balou ganz leise.
„Balou ihr seid immer noch freie Katzen, die überall hinkönnen, nur dass ihr jetzt Plätze habt, an denen euch nichts mehr geschehen kann. Keine Katzenfänger, keine durchgeknallten Hunde, keine bösen Menschen, nein, Menschen, die euch lieben und sich für euch einsetzen“, versuchte ich ihn zu trösten.
„Und immer vom Feinsten im Essnapf, keine Flöhe und Zecken mehr, die euch plagen, das hört sich doch gut an mein Lieber, oder?“, fragte Myriam.

„OK, ist ja schon gut, vielleicht braucht es noch eine Weile, bis sich das alles für mich wie die große Freiheit anfühlt, aber im Moment ist es für mich komisch, sehr komisch."

***

„Du weißt, dass es meine Insel gibt, klar gibt es meine Insel, sonst wäre es ja nicht meine Insel, ist doch irgendwie logisch, oder?"
„Ja klar, aber ich weiß auch wie weit sie von hier weg ist."
„Du weißt, wie weit sie weg ist, ja wie weit ist sie denn weg?"
„Ungefähr eineinhalb Tage mit dem Schiff."
„Ich bin nur noch eineinhalb Tage von meiner Heimat, meiner Familie entfernt, ja, ja, ja, ich habe es geschafft, endlich wieder zu Hause."
„Na, ich möchte mal sagen, du bist zwar nur noch eineinhalb Tage von zu Hause entfernt, aber du bist noch lange nicht da, oder willst du schwimmen?"
„Schwimmen, ich bin eine Katze und kein Fisch, ich schwimme doch nicht."
„Das war doch nur eine Frage."
„Ja, aber was für eine Frage?"
„Eine ganz normale Frage."
„Das ist für dich normal?"
„Wie heißt du eigentlich, Wasserscheu?"
„Nein Mogli."
„Wie Balou?"
„Nein, Balou ist mein Neffe und wartet auf meiner Insel auf mich."
„Das war doch nur ein Scherz."
„Ich verstehe keine Scherze."
„Du bist schwierig!"
„Nein, du musst nur die richtigen Fragen stellen!"
„Also Mogli von der Insel Tenerife, wie willst du auf deine Insel kommen?"
„Und vorlaute Katze von hier, wie heißt du denn?"

„Filou, aber warum vorlaut."
„Das war nur ein Scherz."
„Ich dachte, du machst keine Scherze."
„Nein ich verstehe keine Scherze."
„Oh Mogli, du bist lustig."
„Nur wenn es sein muss."
„Also wie willst du auf deine Insel kommen?"
„Ich muss mich auf so ein Schiff schleichen, das dort hinfährt."
„Das wäre eine Idee, aber du hast auf dem Schiff eineinhalb Tage nichts zu essen und nichts zu trinken, hast du daran gedacht und wahrscheinlich noch viel länger, denn du musst ja vorher schon auf das Schiff kommen."
„Das stimmt auch wieder, ich muss mir gut überlegen, wie ich vorgehen werde."
„Du kannst ja noch ein paar Tage hierbleiben und in aller Ruhe einen Plan machen."
Die zwei saßen immer noch unter dem Auto und Mogli war eigentlich froh, dass er wieder Kontakt hatte, er war kein Einzelgänger, sondern ein Team um sich herum gewöhnt. In der Bar war es lauter geworden und plötzlich flog eine Flasche in Richtung dem Auto und zerbarst genau vor Mogli in Tausend Teile. Er erschrak so, dass er einen Satz auf die Straße machte und Filou hörte es nur quietschen und dann einen leichten Schlag, das Auto fuhr weiter, Mogli lag auf der Straße und blutete. Filou lief um Mogli herum und sah, dass er nicht bei Bewusstsein war. Er zog ihn mit seinen Zähnen, die er im Genick ansetzte unter das Auto und verschwand mit ein paar großen Sätzen in einer Seitenstraße.

***

Im Viertel war es wieder ruhiger geworden und es hat sich eine Gemeinschaft zusammengetan, die überaus katzenfreundlich ist. Wir waren überrascht, was für eine große Anzahl von Hauskatzen es im Viertel gab. Man hatte

Adressen und Telefonnummern getauscht und viele freuten sich zu hören, dass man Essnäpfe und Katzenkörbe und Kletterbäume hier im Viertel herstellt. Doña Loli, geschäftstüchtig wie sie ist, postete auf ihrer Homepage wöchentlich die aktuellen Angebote für alle Katzenfreunde und konnte sich über einen vermehrten Kundenandrang freuen. Das hatte auch den Vorteil, dass sie Manuel ihren Neffen mit der Betreuung beauftragen konnte und er so einen kleinen Job hat, der ihn zwar nicht reich macht, aber sie dachte, dass es für sein Selbstbewusstsein nicht schlecht sein würde. Der Junge war sehr talentiert, fotografierte bestimmte Artikel, textet selbst und baute sehr ansprechende Werbeseiten, die gut ankamen. Er war oft mit seiner Kamera unterwegs und fotografierte jede Mieze der Vierpfotengang und ließ die Bilder in die Werbeseiten einfließen, was die Klickzahlen erhöhte und so die Vierpfotengang weit über das Viertel hinaus bekannt macht. So waren auch andere Kleingewerbetreibende auf ihn aufmerksam geworden und er überlegt sich, ein kleines Geschäft anzumelden, denn es kamen regelmäßig Aufträge herein. Doña Loli freute sich, dass ihr Enkel Manuel so eine Chance hat aus der Jugendarbeitslosigkeit heraus zu kommen. Balou und die Vierpfotengang hatten sich mehr oder weniger eingelebt, die Jungen kamen mit der Umstellung um einiges besser klar als die Älteren. Balou, Rafa, Mick, Shila und Minu schliefen immer wieder außerhalb, sie brauchten dieses Stück Freiheit noch, doch im Großen und Ganzen waren auch sie zu der Überzeugung gekommen, dass der eingeschlagene Weg eine enorme Verbesserung ist. Sie mussten sich jetzt ihre Menschen erziehen und das machte natürlich Arbeit. Doch die Señoras waren in ihrem Handeln nicht wehrhaft, sie mochten dieses gebraucht werden. Miaute ein Kätzchen herzergreifend, dann musste sofort versucht werden herauszufinden an was es lag, also volles Programm, zuerst der Essnapf, dann die Katzenmilch, wenn das nichts half auf den Arm nehmen und liebkosen. Natürlich wurde erst einmal der Bauch massiert, es könnte ja sei, dass mit der Verdauung was nicht stimmt. Man muss sich nicht wundern, dass sich die Katzen den Menschen als Zusammenlebpartner ausgesucht haben, da taten sich Welten für die Miezen auf, die man so hätte nicht erfinden können. Ich bin mir sicher, wenn ein Ehemann sich seiner Frau gegenüber so benehmen würde, wie eine Katze sich ihrem Menschen gegenüber benimmt, dann bräuchten wir noch einen Haufen mehr Familienanwälte. Unglaublich, dass das schon so lange gut geht, Balou würde jetzt sagen, dass es nur wichtig ist seinen Menschen richtig zu erziehen; von wegen ich bin nicht kätzisch genug, ich verstand die Schnurrer im Pelz immer besser, besser als es mir lieb war.

***

Mogli lag noch immer unter dem Auto und niemand kümmerte sich um ihn, das lag vor allem auch daran, dass er fast nicht zu sehen war. Um seinen Kopf hat sich eine kleine Blutlache gebildet, um seinen Mund rötliche Schaumbläschen, er röchelte. Er war immer noch nicht bei Bewusstsein. Dann kam Filou angesprungen, ihm folgte ein Mann mit einem Metallkoffer. Er öffnete den Koffer, legte eine Transportplane auf die Straße und zog Mogli vorsichtig unter dem Auto vor, auf die bereitgelegte Plane. Diese hob er sanft an und entfernte sich ein Stück von der Bar. In einem Vorhof legte er Mogli sehr vorsichtig ab und fing mit der Untersuchung an.

„Na was ist jetzt mit meinem neuen Freund, kannst du was feststellen?"

„Ruhig Filou, ich muss mich konzentrieren."

„Aber er lebt doch noch?"

„Ja er lebt noch, aber es hat ihn sehr schwer erwischt."

„Doch du bist doch ein hervorragender Tierarzt, das bekommst du bestimmt wieder hin?"

„Ich tue mein Möglichstes Filou."

Der Medico zog eine größere Spritze mit verschiedenen Mitteln auf und verabreichte sie Mogli. Sehr vorsichtig untersuchte er die Hinterläufe und schüttelte dann den Kopf. Er hörte ihn mit dem Stethoskop ab und schüttelte wieder den Kopf. Er wusste, dass Mogli nur eine Chance hatte, wenn er ihn sofort operieren würde.
Er legte sein Móvil aufs Pflaster und sagte:
„Hola Google, Isy anrufen."
„Fernando was ist los?"
„Bereite bitte den OP vor, ich bringe einen Kater mit Frakturen in den hinteren Läufen und gebrochenen Rippen, die wahrscheinlich teilweise die Lunge perforieren."
„OK, ich rufe noch Sarah, die ist im Haus."
„Gut, wir kommen in ca. 10 Minuten an."
„Frakturen, Lunge perfo… was, ach das hört sich gar nicht gut an", jammerte Filou.
„Filou renn voraus und sag Jsy sie soll die Raumtemperatur auf 18 °C kühlen, ja 18 °C sind ideal", so hat er eine Aufgabe und ist mir aus den Füßen dachte der Doc, denn er wusste aus Erfahrung, dass Filou mit den Patienten großes Mitleid hatte und ohne Unterlass Fragen stellen würde.
„Bin schon unterwegs."
Das Röcheln wurde leiser und der Körper entspannte sich nach der Spritze ein wenig. Der Medico hatte Mogli in ein künstliches Koma versetzt, das Schlimmste wäre gewesen, er wäre aufgewacht und hätte sich unkontrolliert bewegt, das war jetzt nicht mehr zu befürchten. Er zog die Tragestangen durch das Tuch und nahm ihn wieder so vorsichtig wie möglich auf. Nach kurzer Zeit lag Mogli auf dem OP – Tisch. Sarah war auch gerade eingetroffen und zog sich um, während Isy das mobile Röntgengerät über Mogli platzierte. Sarah bereitete dann die Atemmaske vor und stellte den Beatmungscomputer ein.

***

Balou hatte gerade eine Extraportion Hühnergehacktes mit frischem Gemüse in Gelee probiert und sah erfreut zu Myriam auf und meinte:
„Das ist so lecker, das wird den Kindern bestimmt gut schmecken!“ Myriam und Balou waren unschlagbar, wenn sie zusammen waren, sie überließ Balou so viele Entscheidungen wie möglich, um ihm zu zeigen, wie wichtig er war und Balou genoss diese Rolle. Die Miezen machten sich nichts daraus, dass Balou sich mit uns unterhalten konnte, das lag wahrscheinlich auch daran, dass viele Geschichten von früher, die sich die Miezen erzählten, auch von Sprachwandlern handelten, die immer zum Guten für die Katzen handelten. Für die Vierpfotengang war das normal und Myriam und ich haben uns auch daran gewöhnt. Wir verschwiegen es aber vor den anderen, denn uns war bewusst, was eine unvorsichtige Äußerung für Schaden anrichten könnte, also so wegen Presse, Forschung, Geheimdienst und Co. Nein das war unser Geheimnis und wird es auch für immer und ewig bleiben.

***

„Was denkst du?“, fragte Balou unvermittelt.
„Wie lange braucht Mogli ungefähr bis er hier eintrifft?“
„Die Frage ist gut, aber ich kann mich da nicht festlegen, weil ich nicht weiß wie Mogli geplant hat hierher zu kommen, denn irgendwann steht er am Atlantik und müsste auf ein Schiff kommen, das hierherfährt.“
„Also denkst du es ist unmöglich, dass er es schafft?“
„Nein Balou, Mogli wird es schaffen, aber es ist halt schwer zu sagen, wann er hier ankommt.“
„Gut, wenn er uns nicht bei den Höhlen findet, was denkst du wird er machen?“
„Diese Frage kannst du besser beantworten als ich, was würdest du machen?“

„Ja, also ich, hm …, ich würde zu meinem Menschen gehen, der hat bessere Kommunikationsmittel wie wir."
„Genau, das denke ich wird Mogli machen, denn er ist eine schlaue Katze."
„Stimmt, Onkel Mogli hat alles, was ein richtig guter Anführer braucht, er hat sogar dich als seinen Menschen ausgesucht."
Ich wusste jetzt nicht, ob das auch ein Lob für mich war und wollte auch gar nicht weiter nachfragen. Balou war umgänglicher geworden, aber tief in seinem inneren war er ein Macho, der seines Gleichen sucht. Der Mensch lebte zwar in einer anspruchsvolleren Welt als eine Katze, aber der Sinn des Daseins, war letztendlich eine Katze zu sein, die ihren Menschen hat. Eigentlich ganz einfach zu verstehen, wenn man sich nicht wehrt, man muss nur kätzisch genug denken, ja!

***

„Wie ich gedacht habe", sagte der Medico, „Beckenfraktur, Knochenbrüche und 3 Rippen in der Lunge. Aber wie wir sehen ist die Lunge nicht das Problem, wir werden den betroffenen Lungenlappen entfernen, das müsste ohne Problem gehen. Das Becken müssen wir stabilisieren, die Knochenbrüche nur einrichten, einmal mit Schrauben fixieren. Wir geben eine erhöhte Dosis vom Schmerzmittel, das Becken und die Brüche werden üble Schmerzen bereiten. Also lasst uns mit der Lunge beginnen."
Filou fühlte sich nach jedem Satz noch schlechter, armer Mogli, so kurz vor dem Ziel, das ist eine Tragödie.
„Wie heißt der Kater?"
„Mogli von Tenerife."
„Ein adeliger Streuner", scherzte Sarah.
„Er ist kein Streuner, er ist auf der Heimreise auf seine Insel", sagte Filou.

„Ich gehe mal davon aus, dass die Rechnung aufs Haus geht?“, fragte Isy.
„Jackpot, Isy du hast gewonnen.“
„Du und dein großes Herz und dein Freund mit vier Pfoten, ihr seid mein Ruin“, scherzte Isy, „und Mieze, wenn bei uns der Gerichtsvollzieher vor der Tür steht, gehe ich mit dir zum chinesischen Staatszirkus, dort kannst du dann Mandarin lernen und sprechen.“
„Ich habe Flugangst und Katzen dürfen nicht arbeiten, das verstößt gegen alles was es gibt, Doc sag ihr, dass sie das nicht tun darf“, winselte Filou.
„So lasst uns anfangen und Mogli in die richtige Lage bringen, Isy du kannst ihn gleich rasieren und vorbereiten.“

***

Doña Loli und die restlichen Damen haben sich entschlossen einen Verein zu gründen. Ein Verein mit vielen Mitgliedern, sollte es Probleme geben, hat einen besseren Stand und man kann die Stadtabgeordneten mit den Stimmen eines ganzen Viertels mehr überzeugen, als das einer einzelnen Person möglich wäre. Die Señoras gingen schlau vor. Doña Loli kündigte über das Internet 50 % Rabatt am besagten Samstag auf auslaufende Artikel in ihrem Tante-Emma-Laden an und verband das Ganze mit Kaffee und Kuchen und gegen Abend mit einer Grillparty und Musik. Der Verkaufserlös sollte die erste Einlage in die Vereinskasse sein. Doña Loli war eine gute und auch harte Verhandlungspartnerin. Der Metzger spendete die Steaks und bekam so für den Laden das Exklusivrecht der Fleisch- und Wurstwarenlieferung. Ca. 60 Katzen und viele Hunde mussten im Viertel versorgt werden, ganz zu schweigen die Nachbarn, die keine Supermärkte mochten und der Qualität den Vorzug gaben. So ähnlich ging es dem Winzer, dem Bäcker und anderen Lieferanten. Die Señoras backten Kuchen und Süßes, was das Zeug hielt und stellten genügend selbst gemachtes

Tierfutter her, sie wollten die Gäste von der Qualität überzeugen und wenn jemand keine Zeit hatte, konnte er im Laden bestellen und das war sogar billiger als Markenfutter, außerdem konnten sich die Damen so etwas zu ihren mageren Renten dazu verdienen. Die gesamte Stadtverwaltung, mit Bürgermeister und Abgeordneten waren eingeladen und um den zwei armen, von Doña Elena malträtierten Katzenfängern Abbitte zu leisten wurden diese als Ehrengäste eingeladen, das heißt sie hatten Getränke und Essen frei. Sie sollten am Tisch von Doña Elena sitzen, nur zur Sicherheit, nicht dass es ausartete. So kam dann schließlich der Samstag. Schon die Mittagszeit war sehr gut gelaufen, aber jetzt am Abend kamen die Organisatoren gar nicht so schnell nach die Sitzmöglichkeiten zu erweitern, wie Gäste kamen, es schien so, als wäre das ganze Viertel auf den Beinen.

„Lieber Herr Bürgermeister, lieber Stadträte, liebe Nachbarn von unserem Viertel Las Dehesas Bajas, wir begrüßen sie heute recht herzlich hier auf unserem Gründungsfest des Vereins der Katzenfreunde. Vielen Dank, dass so viele von ihnen unserer Einladung gefolgt sind“, begrüßte Doña Loli die Gäste.

Der langanhaltende Applaus hörte sich wie Donner an, da die Anwesenden auch mit den Füßen auf den Boden stampften. Grelle Pfiffe taten ein Übriges.

„Unser Verein der Katzenfreunde möchte in erster Linie eine Anlaufstelle für alle Katzenfreunde sein. Hier in meinem Laden ist eine gemütliche Ecke eingerichtet, wo man sich mit den anderen Katzenfreunden austauschen kann. Der Verein unterstützt Anwohner, die sich aus finanziellen Gründen kein Haustier leisten können, mit allem Notwendigen, um ihnen vor allem Katzen aus dem Tierheim zu vermitteln. Ein wichtiger Punkt ist, dass unser Viertel nicht mehr von Katzenfängern aufgesucht wird, das lässt sich doch machen Herr Bürgermeister, sie müssen jetzt nur nicken.“

Man hätte in diesem Moment die berühmte Nadel fallen hören können, so still war es nach dieser Ansage geworden, alle schauten gespannt zum Tisch des Bürgermeisters.
Nach kurzer Zeit erhob er sich von seinem Platz und meinte: „Solange alle Katzen hier im Viertel eine Adresse haben sehe ich keinen Bedarf, in diesem Viertel Katzen einzufangen zu lassen."
Wieder tosender Applaus und der Verein hatte sein erstes Ziel schon erreicht. Der Abend wurde zu einem großen Erfolg und die Vereinskasse gut gefüllt. Die Señoras verbuchten das als ihren ersten Sieg und ließen den Verein ins Register eintragen.

***

„Bitte das Blut wegtupfen, Gefäßzange und kleines Skalpell."
Die Operation dauerte schon mehr als sechseinhalb Stunden, der Medico und seine Assistentinnen waren an ihr Äußerstes gegangen, um das Leben von Mogli zu retten. Immer wieder gab es Probleme mit seinem Kreislauf und der Doc musste all sein Können aufbringen, um ihn nicht zu verlieren.
„Herzfrequenz fällt, fällt weiter, kritischer Bereich erreicht", Sarah wurde sichtlich nervös.
„0,25 ml Adrenalin direkt in den Zugang verabreichen", die Anweisungen des Doc waren präzise und knapp.
Das Team wartete, bis von Sarah die Freigabe kam.
„So Isy, du nähst und Sarah assistiert bitte, ich brauche jetzt erst mal eine Dusche."
„Wie sieht es aus? Jetzt sag schon Doc, spann mich nicht so auf die Folter, wie geht es Mogli?", Filou sprang ihm hinterher und bedrängte den Doc geradezu.
„Wenn er die nächsten zwei Tage übersteht, dann hat er gute Chancen."
„Danke Doc, du bist ein ganz Großer, das vergesse ich dir nie."

„Oh Filou, du bist wirklich eine außergewöhnliche Katze, nicht weil du sprichst, nein, weil du ein so großes Herz hast."

***

Filou stand im Raum, wo normal die Patienten waren, die ein paar Tage hierbleiben mussten, im Moment lag dort nur Mogli, angeschlossen an einen Tropf, atmete er leise vor sich hin. Die drei hatten es sich auf der Terrasse gemütlich gemacht und tranken einen starken Café, die Operation war für alle anstrengend gewesen.
„Was für ein Glück, dass wir nicht auf Umsatz angewiesen sind, sonst könnten wir uns solche Aktionen gar nicht leisten", bemerkte Isy.
„Ja, wir verdanken Tante Isabel ein sorgenfreies Leben, nur weil sie seinerzeit den Richtigen geheiratet hat. Wie schlau sie das im Testament eingefädelt hat, dass wir nur erben, wenn wir die Praxis, im Sinne ihres verstorbenen Mannes dem Marqués Rodrigo, gemeinsam betreiben."
„Da siehst du Brüderchen, es hat sich gut auf uns ausgewirkt, dass wir unser Studium auch noch von ihr finanziert bekamen", lachte Sarah.
„Sie haben uns aber auch früh genug an das Thema herangeführt, schon mit 5 Jahren schaute ich nach den Patienten und hatte meine Freude, wenn die Tiere unser Haus gesund verließen", sagte der Doc freudig.
„Es ist doch schön, wenn man auch denen helfen kann, die kein Geld haben und sich trotzdem um ein Tier kümmern, das sind im Moment mehr als die Hälfte unserer Klienten. Dann bringen sie, obwohl wir das gar nicht wollen Gemüse und Marmelade und anderes Selbsthergestelltes mit, um uns eine Freude zu machen, obwohl sie selbst fast nichts haben", sagte Sarah und merkte, dass ihre Augen feucht wurden.
„Wir können für unsere Möglichkeiten dankbar sein, so ich muss jetzt ins Bett, ich bin richtig müde", verabschiedete der Doc sich aus dem Gespräch.

Sarah tauschte noch den Infusionsbeutel aus und spritzte zusätzliches Schmerzmittel ein. Es war unwahrscheinlich, dass Mogli aufwachte, aber er könnte sich bewegen und sie wollte kein Risiko eingehen. Filou ließ sich von Sarah einen Platz in der Nähe von Mogli einrichten, er wollte bei ihm bleiben, auch er wollte kein Risiko eingehen.
„Sarah lass bitte die Türen angelehnt, dass ich euch holen kann, wenn etwas ist“, Filou war wirklich ein Mitglied dieser Familie.

14. Neue Zeiten

„Was wollt ihr machen, uns einen Chip unter die Haut pflanzen? Dass jeder weiß, dass wir euch gehören, dann haben wir jede Selbstständigkeit verloren, das hört sich gar nicht gut an“, Balou machte einen Aufstand.
„Nein Balou, du hast das nicht richtig verstanden“, versuchte ich ihn zu beruhigen.
„Was gibt es da nicht zu verstehen?“, rebellierte er.
„Also Balou, jetzt komm mal runter ...“
„Warum soll ich mich jetzt auf den Boden setzen?“
„Oh nein, das ist nur eine Redewendung.“
„Willst du mir jetzt Sprachunterricht geben?“
Ich schaute ihn mit meinem freundlichsten Blick an und versuchte einen Neustart.
„Also schau mal Balou, wenn jetzt zum Beispiel einer der Familie einen Unfall hat und nicht bei Bewusstsein ist kann der Medico anhand des Chips feststellen, um wen es sich handelt und wie er seinen Menschen erreichen kann. Der Chip hat alle wichtigen Daten eines Familienmitglieds gespeichert, um im Notfall schnell und richtig reagieren zu können. Auch die Katzenfänger haben ein Lesegerät und selbst, wenn du zum Beispiel in einem anderen Viertel gefangen genommen würdest, müssten sie dich, wenn du einen Chip hast, sofort wieder freilassen.“
„Hast du auch so einen Chip?“ fragte mich Balou neugierig.
„Nein wir haben als Menschen unsere Papiere dabei, aber das ist so ähnlich.“
„Tragt ihr eure Papiere auch unter der Haut?“
Oh, diese Mieze konnte einen in den Wahnsinn treiben, sobald ihr Dosenöffner Eigenleben entwickelte wurde das bis ins Letzte hinterfragt.
„Nein wir haben unsere Papiere in unseren Geldbörsen, aber Katzen haben nun mal keine Geldbörsen, darum unter die

Haut", vorsichtig schaute ich Balou an und rechnete mit einem neuen Scharmützel.
„Gut, das hört sich logisch an und schlimmer wie der Rest, den sie mit uns in letzter Zeit gemacht haben kann es bestimmt nicht sein", raunzte Balou.
Balou meinte da wohl diverse Spritzen und Anwendungen, die der Tierarzt ihnen zukommen ließ, wie ein kleines Kind, immer ist alles böse, was man einer Katze antut, über den Vorteil spricht man einfach nicht.

***

Langsam hatte der Doc das Narkosemittel reduziert, in der Hoffnung, dass Mogli in den nächsten Stunden aufwachen würde. Das war die kritischste Zeit, die Atmung war zwar normal, aber der Wachzustand war für den Körper nach so einem Eingriff sehr anstrengend.
„Doc, er wird doch wieder?", fragte Filou unsicher.
„Mach dir keine Sorgen, Mogli muss einen starken Willen haben, wenn er sich auf ein Schiff schleichen wollte, das zu seiner Insel fährt, solche Katzen haben wirklich sieben Leben in sich."
„Er wird doch wieder laufen und springen können, sonst hat er ja kein Katzenleben mehr?"
„Filou, du musst jetzt nur geduldig sein und abwarten, ich weiß, das ist nicht deine Stärke, aber schau, er hat den Unfall überlebt, Dank deinem schnellen Handeln, dann hat er die Operation überlebt und er hat die zwei Tage danach überlebt, also warum sollte er den Rest, der wirklich der einfachste Teil der ganzen Sache ist, nicht überleben?"
„OK, ich werde abwarten, heute Nacht schlafe ich wieder bei Mogli, ich möchte bei ihm sein, wenn er aufwacht, sonst fühlt er sich vielleicht komisch und bekommt Angst."
„Prima Filou, das ist bestimmt eine gute Idee, es ist schön, dass du so gut mit uns zusammenarbeitest."

Filou war froh, dass der Doc sein Mensch war, er hatte ihm als Katzenkind das Leben gerettet, als er beim Spielen ins Hafenbecken gefallen war und da seine Familie unauffindbar war, hat der Doc sich entschlossen ihn bei sich zu behalten. Filou erzählte ihm nie, dass seine Familie, die ihn ausgesetzt hatte, eines Tages einfach verschwunden war. Er hat sich geschämt, dass er ihnen so wenig wert war. Den Doc verstand er schon immer, nur hat er gezögert mit ihm zu sprechen, bis er eines Tages dachte, dass es Zeit sei mit dem Doc zu reden, der nahm das Ganze aber recht gelassen. Er hörte von seinem Onkel Don Rodrigo, dass es so etwas geben soll und für sich selbst empfand er es als einen Glücksfall mit seiner Katze sprechen zu können. Nicht zweifeln, es so lassen wie es ist, dann ist mehr erreicht, als wenn alles hinterfragt und erklärt werden muss.

***

„Hallo, schläfst du schon wieder?"
Balou hatte wirklich ein Gefühl für den falschen Moment, aber ich hatte eine offene Terrasse und da war die Gefahr halt mal gegeben, dass Balou einem in die Tagträume platzte.
„Nein Balou, ich habe nur die Augen zu, damit ich dich nicht sehen muss."
„Warum, was ist mit mir, stimmt irgendwas nicht?"
„Nein alles gut, das war nur ein Scherz und du musst mir jetzt nicht erklären, dass du keine Scherze magst, weil du sie nicht verstehst, das weiß ich inzwischen."
„Und warum machst du es dann immer wieder?"
Ich wusste, dass ich nicht so einfach aus der Nummer rauskam.
„Also Balou, was liegt dir auf dem Herzen?"
„Was es liegt mir was auf dem Herz, jetzt habe ich auch noch was auf dem Herz liegen?"
„Ich wollte nur höflich sein, nichts anderes."
„Und was hat das mit meinem Herz zu tun?"

Manchmal könnte ich ihn einfach umtauschen oder zurückgeben.
„Balou, ich fange jetzt noch mal von vorne an. Möchtest du etwas mit mir besprechen?"
„Nein!"
„Und warum sprichst du mich dann an?"
„Ich wollte nur wissen, ob du schläfst."
Hilfe!!!
„Aber wenn du schon mal wach bist, dann hätte ich doch eine Frage."
Ich wartete einfach ab, da ich mir sicher war, dass er eh alles wieder kommentieren wird, was ich sage.
„Wie geht das eigentlich mit dem Chip genau?"
„Du hast bestimmt gemerkt, dass der Chip sehr klein ist, er hat nur eine Nummer in sich, mit der man alle wichtigen Dinge seines Trägers erfährt. Erst wenn jemand ein Lesegerät in die Nähe des Chips hält aktiviert er sich, das heißt er bezieht Energie aus dem Lesegerät; danach verfällt er wieder in einen schlafähnlichen Zustand."
„Nur eine Nummer und die sagt alles über einen aus, das ist schon komisch, dass ein ganzes Leben in einer Nummer stehen soll?"
„Na ja, nicht das ganze Leben, eben nur die wichtigen Dinge, die man im Notfall braucht, wie Name, Adresse, Telefonnummer, Ansprechpartner und Informationen für den Arzt, mehr nicht."
„Eine große Sache das kleine Ding", meinte Balou und machte sich davon. Oder war er noch nicht gegangen, es rührte sich was zwischen den Pflanzen. Ich hatte recht, Ben und Nuri sprangen zwischen den Töpfen vor und Rafa kam hinterher. Die Kleinen nahmen direkten Kurs zur Küche und Rafa schlich mir zwischen den Füßen rum, um es sich schließlich auf meinem Schoß bequem zu machen. Myriam fütterte den Kleinen wieder irgendwelche Leckereien, die sie mittags zubereitet hatte, dann kamen sie auf die Terrasse und sprangen auf die Liege, also natürlich nur die Miezen,

Myriam setzte sich hin. Oh je, schon wieder, ich glaubte ich werde selbst zur Katze, ich dachte ansatzweise wie Balou, schlimm, echt schlimm. Ich sah mich schon beim Tierpsychologen auf der Couch liegen.

***

Filou lag die ganze Nacht bei Mogli und immer, wenn der einmal tiefer Luft holte, stand er auf und schaute ob er seine Augen öffnete. Deshalb schlief er am Morgen, er war einfach übermüdet. Als er aufwachte, schaute er gleich nach Mogli, aber der schlief immer noch tief und fest; doch Filou konnte ein Zittern seiner Augenlider sehen, das kannte er und rannte so schnell er konnte zum Doc. Der hatte einen Hamster als Patienten, dem ihn ein zehnjähriger Junge brachte, sie waren gerade beim Abrechnen; der Junge legte dem Doc zwei Euro auf den Tisch und verabschiedete sich mit Diener und Handschlag.
„Doc, Doc, Mogli hat das Zittern in den Augenlidern."
„Dann wird es bald so weit sein, sein Bewusstsein kehrt zurück, ich schau ihn mir sofort an."
Der Doc sah nach den Narben und die waren ohne Befund, sie heilten gut ab, die Temperatur war normal, die Augenreflexe noch schwach, aber nachweisbar. Im Großen und Ganzen war der Doc mit dem Zustand von Mogli mehr als zufrieden. Er wechselte den Infusionsbeutel und gab Schmerzmittel dazu, denn eins war sicher, wenn Mogli aufwachte wird er Schmerzen haben, sobald er sich bewegte.
„Filou, kannst du bitte weiter bei Mogli bleiben, ich habe einen Außerhaustermin und Sarah macht die Praxis, Isy assistiert ihr."
„Kein Problem Doc, du kannst mir auch das Móvil dalassen, dass mit dem Hola Google."
„Vergiss es Filou, weißt du noch, was beim letzten Mal passiert ist, als dich die Feuerwehr schließlich nach deinem Namen gefragt hat?"

„Das war ein wenig unglücklich“, drückte er hervor, „nur weil Google mich nicht richtig verstanden hat.“
„Ja genau, du wolltest Gas bestellen, weil du gesehen hast, dass die Flamme unter dem Wassertopf ausgegangen war.“
„Na und was kann ich dafür, wenn Google aus - wir haben kein Feuer mehr - selbstständig und alleine - ich rufe die Feuerwehr machte -, ich konnte nichts dafür, dass die gleich mehrere Fahrzeuge schicken wollten, das war alles nicht so optimal gelaufen.“
„Genau und deswegen wäre es mir lieber, wenn Google und du nicht zusammenarbeiten.“
„Dann halt nicht.“
„Bis später.“
„Ja.“
Aber der Papagei durfte bei sich zu Hause anrufen, das soll mal einer verstehen, ein Vogel, der nur Wörter nachbabbelt und bestimmt nicht mal weiß was sie bedeuten.

15. Die Zielgerade

So waren die Menschen, sie konnten die Dinge halt nicht richtig einordnen. Filou schaute wieder nach Mogli, sein Atem war ruhig und gleichmäßig. Die Infusion tropfte vor sich hin und immer wieder ging ein leichtes Zucken durch seinen Körper, er träumte und wer träumt lebt. Dann dachte er, dass er zu wenig geschlafen hatte und das jetzt ja nachholen könnte und sprang auf seinen Platz, nahe bei Moglis Krankenlager.

Was haben wir nur mit unserer Zeit angefangen, als wir uns noch nicht so intensiv um unsere Miezen gekümmert haben. Kurz nach dem Aufstehen machte mir Myriam Meldung, welche Miezen zum Frühstück gekommen waren und erzählte, was es zum Essen gab und wie es den Miezen geschmeckt hat. Dabei konnte es schon mal vorkommen, dass mein Kaffee auf der Strecke blieb, also noch gar nicht gemacht war. Ich hatte zwar auch einen Vollautomaten, doch der aufgebrühte Kaffee schmeckte mir einfach besser. Sogar hier gab es noch Unterschiede, wenn ihn Myriam aufbrühte, schmeckte er noch mal besser, einfach runder, ausgewogener. Ich sagte ihr das wieder und wieder, doch nahm ich an, dass sie das als Ausrede betrachtete, dass ich den Kaffee nicht selbst machen wollte. Auch heute wieder, der Kaffee war gut, doch Myriams Kaffee war einfach besser.
„Myriam, dein Kaffee schmeckt einfach anders, was mache ich falsch?“
„Du vergisst die Prise Salz, die Myriam in den Filter gibt“, mischte sich Balou ein.
Nicht schlecht, die Mieze entwickelte sich weiter und jetzt habe ich das erste Mal einen Nutzen von ihren vielen Beobachtungen, die sie mir immer antut.
„Stimmt das Myriam“, fragte ich neugierig, „liegt das wirklich am Salz im Kaffee?“

„Glaubst du mir etwa nicht?", brummte Balou.
„Doch Balou, sicher glaube ich dir, das war auch mehr eine rhetorische Frage, sodass mir Myriam erklären kann, was das Salz im Kaffee bewirkt."
„Ach so, immer diese Grammatik."
„Das ist ganz einfach erklärt, das Natrium im Salz neutralisiert die Bitterstoffe und verstärkt den natürlichen Geschmack des Kaffees."
„Das macht Sinn", danke Myriam.
„Würde dann eine Prise Salz in unserer Milch nicht auch den Geschmack verstärken."
„Nein Balou, die Milch würde nur ein wenig süßer schmecken, sonst nichts."
„Ich möchte das mal versuchen!"
„Gut, ich mach dir eine kleine Schüssel und bring sie dir."
Myriam verschwand in der Küche und Balou schaute den Kleinen beim Spielen zu.
„So Balou, einmal Katzenmilch mit einer Prise Salz."
„Oh, es schmeckt wirklich süßer, aber ohne Salz schmeckt es besser."
„Stimmt, denn in der Milch ist die Prise Salz schon enthalten, die gibt er Hersteller dazu."
„Hat der auch einen Sprachwandler oder wie macht der das?"
Volltreffer, Balou verstrickt uns wieder in eine seiner Ansicht nach „logischen Unterhaltungen".
„Ich denke nicht, dass ein Sprachwandler beim ihm arbeitet", meldete sich Myriam.
„Schade, das wäre doch schlechthin der Traumjob einer jeden Mieze", warf ich ein.
„Und wie machen die das dann, wenn sie keine Katze fragen können, wie können die dann wissen, was uns schmeckt?"
„Ich kann mir denken, dass sie erstmal die Muttermilch von Katzen untersucht haben und dann anhand deren Werte die Katzenmilch herstellen", erklärte ich.
„Das ist schlau."

„Ja und Kapitalismus."
„Was für ein …ismus?"
„Kapitalismus, das ist die Lehre, dass alles, was Geld bringen könnte so erforscht wird, dass der Mensch etwas, das er gestern nicht kannte, am nächsten Tag nicht mehr vermissen möchte oder einfacher gesagt, die Gier nach Geld."
„Hört sich zwar spannend an, aber eine Logik kann ich dahinter nicht erkennen."
„Gier ist nicht logisch Balou."
„Aha."

***

Filou lag jetzt so, dass er direkt das Gesicht von Mogli sehen konnte. Er wollte unbedingt der Erste sein, der Mogli begrüßte, doch der wollte einfach nicht aufwachen. Vielleicht hat er Angst aufzuwachen, dachte Filou, egal wie auch immer, der Doc hat gesagt er soll nach Mogli schauen und das tat er ganz gewissenhaft.
„Na Filou, hat sich dein neuer Freund schon geregt?", fragte Sarah.
„Nein, er ist noch immer am Schlafen, ich weiß auch nicht wie man so lange schlafen kann."
„Das kommt von der Operation, die hat den Körper von Mogli sehr viel Kraft gekostet, aber umso länger er schläft, desto besser für ihn und seinen Körper."
„Dann bin ich mal gespannt, wie lange er sich noch erholen muss."
„Filou, auch wenn es dir schwerfällt, du solltest dich in Geduld üben, ich gehe wieder in die Praxis, ich lasse die Türen angelehnt."
„Du sprichst mit Menschen!"
Filou erschrak und blieb wie vom Blitz getroffen stehen und drehte sich langsam in Richtung Mogli.
„Du bist wach Mogli?", er sah, dass Moglis Augen blinzelten.

„Ich höre dich auf jeden Fall und habe gehört, dass du mit einem Menschen gesprochen hast."
Dann war wieder Ruhe, die Augen von Mogli ruhig und sein Atmen leise und flach. Er hat mich gehört, so ein Übel, das wollte ich nicht. Na ja, vor einer Katze ist es nicht so schlimm, das geht, wir müssen nur bei Menschen aufpassen, das könnte sonst schlimme Folgen haben. Mit diesem Gedanken im Kopf lief Filou zu Sarah und informierte sie über Moglis kurze Einlage.
„Das ist ganz normal, da musst du dir keine Sorgen machen. Der Satz und das Nachdenken haben ihn so angestrengt, dass er gleich wieder eingeschlafen ist", beruhigte in Sarah. In ihr machte sich ein komisches Gefühl breit, sie konnte aber nicht sagen, weshalb, sie merkte nur, dass irgendetwas nicht stimmte. Filou hat sich wieder in das Zimmer zu Mogli begeben und er wartete auf den nächsten Moment, dass Mogli ins Hier und Jetzt zurückkam. Er legte sich auf sein Kissen, die Augen von Mogli im Blick und ließ seine Gedanken kreisen. Also Mogli hat mich und Sarah gehört, aber wie konnte er merken, dass wir miteinander gesprochen haben. Das war für Filou nicht logisch und er konnte das überhaupt nicht verstehen. Haben die Medikamente etwas ausgemacht, so eine Narkose war schon eine harte Sache, wie ihm der Doc erklärt hat. Oder es kann nur so sein, er muss das, was wir gesprochen haben verstanden haben, sonst kann er ja nicht sagen, dass ich mit einem Menschen gesprochen habe. Genau so machte es Sinn, Mogli hat uns verstanden und das würde heißen, dass er auch mit Menschen kommunizieren kann. Das wäre zu schön um wahr zu sein, dann bin ich nicht der Einzige. Filou durchdachte seine Theorie immer und immer wieder und kam dann schließlich zu der Einsicht, dass Mogli ein Sprachwandler ist, so wie er. Dann stand Sarah in der Tür und meinte:
„Dein Freund Mogli muss auch ein Sprachwandler sein, wenn nicht, wie hätte er verstehen sollen, dass wir miteinander gesprochen haben."

„Genau, Sarah, das habe ich mir auch überlegt, Mogli ist ein Sprachwandler."

***

Ich hörte ein Geräusch und dann schepperte Balou durch meine Blumentöpfe.
„Schnell du musst kommen, Ben ist abgestürzt", hechelte Balou.
„Wie abgestürzt?"
„Er ist in ein Loch gefallen und ich höre nur noch ein Wimmern. Rafa ist bei ihm."
„Wo ist das passiert?"
„Von hier nach unten, ungefähr auf der Höhe des Menschen von Rafa und Mick und dann Richtung Barranco."
„Das ist bei Inge, da wurde vor Jahren nach Wasser gebohrt, es müsste sich um ein Bohrloch handeln, aber die sind doch normal abgedeckt."
„Also ich habe nur ein Loch gesehen und aus dem kommt die Stimme von Ben, Rafa war mit ihm unterwegs und auf einmal war Ben weg."
„Gut, ich mache mich sofort auf den Weg, ich muss außen herum, du gehst zu Rafa und Ben zurück und wartest auf mich."
Ich stürmte in die Garage und fuhr so schnell es ging an die Stelle, an der ich auf das Gelände kommen konnte. Ich sah Rafa und Balou, Balou hatte den Kopf in das Loch geneigt. Das Bohrloch war oben ungefähr 40 cm breit, verengte sich aber sehr schnell; das Regenwasser muss es im oberen Bereich ausgespült haben. Meine Taschenlampe drang tief in das Loch vor, aber von Benn war nichts zu sehen, nur ein leises Wimmern war zu hören. Da werden wir Hilfe brauchen. Ich überlegte, was zu tun war und rief Doña Loli an und erklärte ihr die Sachlage mit wenigen Worten.
„Ryan, wir haben genügend Geld auf dem Vereinskonto ruf die Feuerwehr an, es geht um Ben, der wird wahnsinnige

Angst haben, wir können da nichts tun, wir brauchen schnelle, professionelle Hilfe!"
„Leitstelle, wie können wir ihnen helfen?"
Ich erklärte die Situation und gab meinen Standort mit Google Maps weiter. Von der Ferne konnte ich das Martinshorn, das bei uns nur die Feuerwehrfahrzeuge haben, hören. Sie kamen schnell näher. Nach kurzer Zeit kamen zwei Feuerwehrmänner auf mich zu und sahen sich das Bohrloch genau an und leuchteten mit sehr starken Stablampen das Loch aus. Über Funk bestellte der Leitende ein Hanfseil, außerhalb des Geländes stand ein Gerätewagen der Feuerwehr, der alles dabeihatte, was man sich vorstellen kann.
„Ich kann im unteren Bereich einen Schatten im Lichtkegel meiner Lampe erkennen, das könnte die vermisste Katze sein", erklärte der Comandante. Er hatte noch nicht ausgesprochen, da kamen zwei weiter Feuerwehrmänner mit einem langen Seil; jetzt verstand ich auch warum ein Hanfseil, darin konnten sich Katzenkrallen gut festkrallen.
„Wir lassen jetzt das Seil nach unten und hoffen, dass die Katze noch so viel Kraft hat, um sich in das Seil zu verkrallen, dann könnten wir sie ganz langsam nach oben ziehen."
„Sie machen das nicht das erste Mal, das sehe ich."
„Nein es kommt immer wieder zu diesen Unfällen."
Langsam ließen die Feuerwehrmänner das Seil mit einem kleinen Gewicht in das Loch sinken, einer leuchtete konstant in das Bohrloch und versuchte sich an dem Schatten zu orientieren."
„Achtzehn Meter, das Gewicht liegt irgendwo auf, Seil langsam anziehen."
„Es hat mehr Gewicht Comandante, immer noch, immer noch, jetzt ist es wieder leer."
„Noch mal ansetzen und langsam runter nur 50 bis 60 cm."
„OK Chef, 50 bis 60 cm, 20 mehr, 30 mehr, 40 mehr, ich merke ein Ziehen."

„Lass das Seil und warte ab, was spürst du?“
„Da bewegt was das Seil Comandante.“
„OK und jetzt ganz langsam, erst nur 10 cm anziehen.“
„10 cm und immer noch Gewicht.“
Balou und Rafa sahen sich das Ganze aus einiger Entfernung an und waren erstaunt, was Menschen alles für eine in Not geratene Katze taten.
„1 Meter und immer noch Gewicht.“
„Ganz langsam weiter und sofort stoppen, wenn du mehr Zug merkst.“
„Jawohl Comandante, langsam weiterziehen, bei Zug stoppen.“
„Chef sehe eine junge Katze im Lichtkegel.“
„Gut, wie viel Meter noch.“
„Höchstens 5 Meter Chef, 4 Meter, 3 Meter, 2 Meter, Katze, ähm Kätzchen geborgen.“
Der Feuerwehrmann umschloss Ben mit seinen in Handschuhen steckenden Händen, hob ihn das letzte Stück nach oben und übergab ihn mir.
„Vielen Dank, das haben sie richtig gut gemacht, hervorragend geschulte Männer, wirklich vorbildlich. Ich muss ihnen noch die Adresse für die Rechnung aufschreiben.“
„Müssen sie nicht, das war Tierrettung und in diesem Fall hätten sie selbst nichts machen können, wir sehen das als Übung an. Im Übrigen finde ich es persönlich toll, was ihr Viertel für die Katzen auf die Beine gestellt hat.“
„Dann noch mal herzlichen Dank für ihre rasche Hilfe.“
„Gerne geschehen und grüßen sie Doña Loli von mir, sie ist meine Tante.“

***

„Hallo Filou, Filou aufwachen.“
„Hä, was, wie, ach so …?“ Jetzt war es Filou, der tief und fest schlief und so hörte er Mogli erst von fern, dann passte

die Stimme nicht zu seinem Traum, das ließ ihn schließlich aufwachen.
„Mogli, du bist wach, du hattest einen schlimmen Unfall, aber mein Doc hat dich geheilt, er hat gesagt, dass alles wieder gut wird. Wie geht es dir?“
„Ich habe einen riesigen Durst, mein Mund ist ganz trocken, aber sonst geht es einigermaßen, wenn ich mich nicht groß bewege.“
„Ich hole Sarah, dann kann sie dir Wasser geben.“
„Warte mal, ich kann mich daran erinnern, dass ich dich mit einem Menschen sprechen gehört habe.“
„Du kannst das aber nur verstanden haben Mogli, wenn du die Sprache verstehst. Also kannst du selbst auch mit Menschen sprechen, oder?“
„Sehr gut kombiniert Filou, das muss ich dir lassen. Du hast mich enttarnt, weil ich in meinem Zustand nicht richtig denken konnte, aber egal es gibt schlimmeres.“
„Also Mogli ich muss jetzt Sarah holen, das hat sie zu mir gesagt und der Doc auch, bis gleich.“
Sarah kam mit einer Pipette und tropfte ihm, ohne etwas zu sagen Wassertropfen auf die Zunge, das hatte den Vorteil, dass er sich nicht groß bewegen musste, die denken hier wirklich an alles. Dann spritzte sie eine Flüssigkeit, die sie aus einem Fläschchen aufgezogen hatte, in den Infusionsbeutel. Sie musterte Mogli ganz genau und meinte dann:
„So Mieze oder besser Mogli, das war gerade ein starkes Schmerzmittel, du verstehst mich, oder?“
„Hm, ja ich verstehe dich.“
„Du hast einen sehr schweren Unfall gehabt, aber es ist alles in Ordnung, nur dass du noch ein paar Tage liegen musst, ohne dich groß zu bewegen, vor allem wegen der Schmerzen, aber die lassen dann sehr schnell nach. Ich muss noch mal in die Praxis und schaue später wieder nach dir. Filou du weißt Bescheid.“
Mogli war wieder eingeschlafen und Filou bezog seinen Beobachtungsposten.

***

„Da hat der Kleine aber Glück gehabt, einige Schrammen, ein bisschen Fell weniger und einen Kratzer auf der Nase, das ist alles nicht schlimm“, sagte der Tierarzt, den Myriam zu mir bestellt hatte.
„Danke, dass sie so schnell gekommen sind, sie halten wirklich Wort“, meinte Doña Loli, die auch anwesend war. Sie hatte den jungen Tierarzt, gleich nach der Vereinsgründung zum Vereinsarzt ernannt. Sie meinte, er brauche Kunden und wir als Verein keine so hohen Rechnungen, ihre Argumente waren überzeugend, denn jetzt trug sich die Praxis des jungen Arztes und die Rechnungen für Vereinsmitglieder waren nicht nur erschwinglich, oft drückte der Medico ein Auge zu und verlangte bei den armen Katzenbesitzern gar nichts.
„Ryan“, fragte Doña Loli, „kannst du nachher zur Feuerwache fahren? Ich habe Bocadillos richten lassen und etwas zum Trinken im Kühlhaus, das haben sich die Jungs von der Feuerwehr verdient.“
„Klar das mache ich gerne, ich nehme Balou mit der interessiert sich doch für alles.“
Balou hat alles mitgehört und sein Gesicht sah zufrieden aus. Wir gingen in die Garage und fuhren dann zum Laden. Die Enkelin von Doña Loli trug zwei Körbe voll mit Bocadillos zum Auto und bat mich zwei Kisten alkoholfreies Bier aus dem Kühlraum zu holen. Balou lag auf dem Beifahrersitz und wartete gespannt, er freute sich, dass ich ihn mitnahm, das war schließlich seiner Stellung angemessen.
„Weißt du ich muss schon zugeben, dass die Aktion von der Feuerwehr mich überzeugt hat.“
„Von was hat sie dich überzeugt Balou?“

„Dass die Menschen gut organisiert sind und auch für Tiere etwas tun. Das war schwer zu verstehen, wenn man bis dahin nur von den Katzenfängern gehört hat.“
„Ja es gibt Dinge, die klappen in meiner Welt recht gut.“
Die Mannschaft der Feuerwehr freute sich über die Anerkennung und zeigte mir noch Teile des Fuhrparks. Ich aß einen Bocadillo und trank ein Alkoholfreies, dann war es Zeit zu gehen. Doña Loli wusste wirklich, wie man sich Freunde macht und wir wissen ja nie, wann wir wieder einmal Hilfe für einen unserer Vierpfotengang brauchen.
„Hast du das gewusst, eine Leiter mit 30 Metern? Das ist genial, das Gerät hätte ich brauchen können, als ich als Junge zu hoch in einen Baum gestiegen bin.“
„Und wie kamst du wieder runter?“
„Nach 2 Tagen hat mich ein Menschenjunge mehr oder weniger nach unten geschubst, das war alles andere als sanft, aber ich war unten.“
„Das hört sich gar nicht gut an.“
„Und dass die so viel Wasser dabeihaben und eine Extrafeuerwehr für den Wald, einfach unglaublich.“
Balou war wirklich aus dem Häuschen, er ist auf der Feuerwache neben mir hergelaufen und hat den Kopf nicht gehoben, er ist wirklich perfekt getarnt, da würde keiner vermuten, dass er alles versteht. Der Leitende hat ihn mit einem Hund verglichen, weil er so treu neben mir herlief, nicht einmal das hat ihn interessiert. Wenn er auch manches Mal richtig kompliziert sein konnte, merkte ich trotzdem, dass er immer dazulernen wollte.

***

Der Doc war von seinem Hausbesuch zurückgekommen und schaute gleich nach Mogli. Er meinte, dass es Zeit war ihn zu wecken, aber vorher wollte Filou dem Doc noch sagen, dass er ein Sprachwandler ist. Der Doc war nicht gerade erstaunt, wenn es einen gab, warum dann nicht auch mehrere

Sprachwandler. Er untersuchte Mogli, nicht weil er Sarah seiner Schwester misstraute, aber für die Nachversorgung war immer der zuständig, der die Operation durchgeführt hatte. Das ersparte beim Informationsaustausch viel Zeit und Zeit war ein Geschenk, mit dem man verantwortungsvoll umgehen musste.
„Na Mogli, hast du Schmerzen?", der Doc fragte ihn, als hätten sie schon so manches Gespräch geführt.
„Eigentlich ist alles gut, außer, dass ich sehr müde bin und mein Becken und meine Hinterläufe sehr wehtun."
„Das ist bei der Art von Verletzungen, die du dir zugezogen hast leider so, aber die starken Schmerzen werden in einigen Tagen verschwunden sein. Beim Rest kommt es ganz stark auf deine Mitarbeit an Mogli. Du wirst 4 bis 6 Wochen nicht raus können und hier drinnen auch nur zum Essen und Trinken und zur Toilettenkiste gehen und dann wieder zurück an den Schlafplatz. Auf keinen Fall darfst du irgendwo rauf- und runterspringen, das wären die groben Anweisungen."
„Das hört sich ganz schön kompliziert an Doc, wirklich bis 6 Wochen und was dann?"
„Ja die Brüche sind nicht einfach und das braucht seine Zeit, vor allem das Becken, aber wenn du dich daranhältst, dann wirst du wieder richtig laufen und in einem halben Jahr schon wieder vorsichtige Sprünge machen können. In einem Jahr bist du wieder der Alte."
„OK Doc und da ich ja weiß, dass bei euch Menschen alles seinen Preis hat, wer bezahlt die Rechnung für deinen ganzen Aufwand?"
„Mach dir darüber keine Sorgen, das ist alles so geregelt, dass es keine Probleme für dich gibt", antwortete der Doc, „Filou wird sich in dieser Zeit um dich kümmern, dann wird es dir wenigstens nicht langweilig."
„Danke Doc, das hört sich richtig gut an."
Der Doc verließ den Raum und Mogli war schon ein wenig enttäuscht, dass es jetzt doch noch so lange dauern sollte, bis

er wieder bei seiner Familie sein konnte. Aber er hatte überlebt und war dankbar, dass er so hervorragend untergekommen war. Auch Filou war wie ein Geschenk, er kann von ihm bestimmt einiges lernen und lernen war immer gut, das hat ihm das Leben immer wieder gezeigt. Außerdem konnte ihm der Doc bei seiner Weiterreise bestimmt behilflich sein, also ist es fast schon als Glücksfall anzusehen, dass er auf Filou gestoßen ist.

***

„Und Doña Elena, wie geht es ihnen mit Carlito?"
„Am Anfang war das Kerlchen schon ein wenig schwierig, fauchte, miaute fauchte, vor allem erschreckte er sich recht schnell. Wenn der Fernseher lief, traute er sich nicht an ihm vorbeizugehen, er hob den Kopf und schaute ganz verstört auf die Bilder und verkroch sich dann. Doch jetzt sind wir ein gutes Team, sobald ihm etwas nicht geheuer ist, fängt er mit einem Miauen an, das einem durch Mark und Bein geht. Dann will er auf den Arm genommen werden und seine Welt ist wieder in Ordnung."
„Das hört sich doch gut an", antwortete ich ihr.
„Er braucht ein bisschen mehr Aufmerksamkeit, doch vor allem braucht er die Spielgefährten, wenn Rafa mit Nuri, Bela, Tati und Ben vorbeikommt, wirkt er auf mich am normalsten. Den Rest wird die Zeit geben, das sagt auch Juan Pedro unser Vereinsarzt."
„Schön, dass sie sich so aufopfernd um die Vierpfotengang kümmern", lobte ich Doña Elena.
„Ach was, die Katzen bereichern doch unser Leben und haben einen frischen Wind in das Viertel gebracht. Jetzt sind wir wieder eine gute Gemeinschaft."
„Da haben sie recht, der Zusammenhalt ist vorbildlich, es wurden Arbeitsplätze geschaffen, es hat einen richtigen Aufschwung gegeben. Doña Loli überlegt, ob sie das Untergeschoss von ihrem Elternhaus, das neben dem Laden

liegt, nicht zum Café umbauen soll. Die Kaffeeecke im Laden ist auf jeden Fall viel zu klein geworden, manchmal drängen sich dort bis zu 15 Personen, sagt sie. Sie schwärmt von einigen Tischen drinnen, einer kleinen Terrasse, dazu bietet sich der Vorgarten an. Sie möchte ihrer Enkelin Ria eine Chance geben, die ist Anfang zwanzig und seit Jahren arbeitslos. Manuel, ihren Enkel, hat sie ja schon geschickt in die Internetgeschichte integriert und der macht sich jetzt selbstständig, das freut mich besonders. Die Arbeitslosigkeit unserer Jungen im Viertel belastet mich, aber so wie es jetzt läuft möchte ich sagen, dass wir auf einem guten Weg sind."
„Du bist gut informiert Ryan, aber das ist ja das Geschickte an einer funktionierenden Nachbarschaft, die ist nichts anderes als eine Großfamilie. Manuel gibt inzwischen auch Kurse im Gebrauch von Handys und Einführung in das Internet, ich habe mich schon mal angemeldet."
„Da haben sie recht Doña Elena, eine große Familie. Ja, Manuel ist sehr umtriebig geworden, der nützt die Chance und das finde ich sehr gut."
„So ich muss mich verabschieden, ich will Carlito noch nicht so lange allein lassen, vielen Dank für deine Zeit."
„Ich danke ihnen für den Besuch."
„Du, da hast du aber hohen Besuch gehabt, die Katzenverteidigerin, das ist eine gute Frau", Balou hatte immer noch den Film von den mit dem Besen tanzenden Katzenfängern im Sinn.
„Ja sie ist noch vom alten Schlag, eine sehr resolute Señora."
„Ich habe heute die einzelnen Futter- und Schlafstellen besucht, da hat sich einiges getan. Teilweise wurde da schönes Spielzeug gekauft und bequeme Bettchen, also ich weiß nicht, was ich am Leben einer Wildkatze so toll fand."
„Du bist aber schon Balou, der das Dasein einer Hauskatze mehr fürchtet als alles andere auf der Welt."
„Schon, aber ich denke auch logisch, was habe ich gewonnen, was habe ich verloren. Jetzt muss ich keine Angst mehr haben, dass Mitglieder meiner Familie den Winter nicht

überleben. Wenn eine der Katzen in Not ist kommen die mit blinkenden Lichtern auf den Autos und tun alles zu unserer Rettung, was will man mehr?"
„Das freut mich zu hören, dass du euer Leben jetzt auch positiv siehst."
„Mich fasziniert vor allem die Freiheit, die uns unsere Menschen lassen, sie sperren uns nicht ein und wenn wir mal einige Tage wegbleiben, freuen sie sich umso mehr, wenn wir wieder da sind, also, das ist schon außergewöhnlich, so kann man leben."
Ich war froh, dass Balou begriffen hatte, dass die Menschen es in der Regel mit ihren Haustieren gut meinen. Ich konnte ihn verstehen, es ging um Freiheit und die ist ja für uns Menschen auch ein ganz hohes Gut, keiner möchte seine Freiheit verlieren. Doch um wirklich frei zu sein muss man sich manches Mal in Abhängigkeiten begeben.

Mogli konnte inzwischen schon wieder laufen, blieb aber immer im Haus, oder auf der Terrasse. Er merkte selbst, was gut und was nicht gut für ihn war. Oft saßen sie zu fünft auf der Terrasse und er genoss es den Unterhaltungen zu lauschen. Der Doc fragte ihn viel über die Familie und das Leben auf Tenerife. Filou war ihm inzwischen zu einem sehr guten Freund geworden, sie verbrachten jede freie Minute miteinander. Mogli war aufgefallen, dass Filou keine Katzenfreunde hatte und auch keinen Kontakt zu anderen Katzen pflegte, außer natürlich zu denen, die in die Praxis kamen. Er meinte, dass man auf der Straße nur noch Gesindel kennen lernen würde und er seine Streifzüge deshalb sehr gering hielt. Seine Familie seien seine Menschen und sie waren für ihn ganz besonders wertvoll.

***

„Du musst dir mal vorstellen Mogli, als ich ins Hafenbecken fiel, klatsche mich gleich die erste Welle gegen die Mauer. Der Doc ist ohne zu zögern im Winter ins Wasser gesprungen und hat mich gerettet. Da weiß man einfach wo man hingehört.“
„Du hast wirklich eine tolle Familie und ich kann dich verstehen, die anderen zwei sind ja auch sehr nett. Mir gefällt es sehr gut bei euch und die Zeit ist mir nie lange geworden, die Tage flogen an mir vorüber und ich konnte viel, oh ja, sehr viel lernen. Auch an deinen Menschen kann man sehen, wie wichtig es ist, dass man den Kindern schon eine gute Erziehung mitgibt. Die Liebe zu den Tieren, die deine drei Menschen haben ist das Geschenk von Onkel und Tante, sie haben sie schon als Kinder an dieses Thema herangeführt. Dass sie keine Probleme haben ist ihrer Bescheidenheit zuzuordnen, denn sie sind bescheiden geblieben und mit ihrem Leben vollauf zufrieden. Der Untergang von vielen Menschen war ihre Gier nach immer mehr, bis sie sich selbst verloren haben und dann begann das Unglück.“
„Genau Mogli, meine Menschen sind etwas ganz Besonderes und werden es für mich immer bleiben. Ich bin mal mit dem Doc vor Jahren durch die Stadt gelaufen, dann hat er auf einen Palast gezeigt, danach auf ein cooles Auto, eine Yacht, einen Campingwagen und hier könnten wir jeden Tag zum Essen herkommen und Champagner trinken, sagte er. Wir hätten dann was zu viele Menschen sich für ihr Leben wünschen. Ihnen ist nicht bewusst, dass man für Besitz, oder Luxus oft einen Teil von sich selbst verkaufen muss. Würden wir das alles kaufen würden wir unsere Freiheit verlieren, nobel sein zu können. Die Bedeutung von nobel sein hat ihm Tante Isabel erklärt, sagte der Doc zu mir: -Fernando nobel kommt in erster Linie von aufopferungsvoll, großmütig, selbstlos, uneigennützig und verständnisvoll. Schau deinen Onkel an, er hätte sich Luxus aufhäufen können, aber er hat in diesem Haus von seinem Vater gelernt, dass der Mensch mit Gaben eine Verpflichtung hat. „Werde nobel“, hat ihm

sein Vater immer wieder gesagt und hilf den Tieren, es ist genug für deine und deiner Kinder Familien da. Sei großzügig zu Menschen, die wenig haben und dein Lohn wird Liebe sein und geliebt zu werden ist der größte Lohn, den das Leben zahlt und kennt. Das haben Tante Isabel und Don Rodrigo uns vorgelebt. Als unsere Eltern bei einem Unfall tödlich verunglückten nahmen sie Sarah und mich ohne Wenn und Aber bei sich auf. Sie verzichteten auf eigene Kinder und waren für uns wirklich wie Eltern. Tante Isabel bat mich mit dem Studium 2 Jahre zu warten, um mit Sarah zusammen auf die Universität gehen zu können, sie meinten das wäre für uns beide das Beste und sie behielten Recht. Die zwei haben gelebt, was sie erzählten und das ist ebenfalls sehr nobel, erklärte mir der Doc damals. „Nobel, wiederholte Balou, das ist wirklich ein einmaliger Gedanke und wie ich sehen kann sind deine Menschen überaus zufrieden und glücklich. Diese Geschichte muss ich meinem Menschen erzählen, wenn ich wieder zu Hause bin."

***

„Balou, ich habe einen Anruf bekommen, dessen Nachricht dich sehr freuen wird."

„Einen Anruf, der mich freuen wird, da bin ich aber gespannt."

„Es hat ein Tierarzt von Cádiz angerufen. Mogli hatte einen Unfall, aber jetzt geht es ihm wieder so gut, dass er bald zurückkommen kann."

„Mogli, Mogli hat angerufen und er hatte einen Unfall?" Balou war so durcheinander, dass er gerade um seine Koordination kämpfen musste.

„Nein, ein Tierarzt, bei dem Mogli zurzeit ist hat mich angerufen."

„Woher weiß der wo du wohnst und wie geht es Onkel Mogli?", fragte Balou verwirrt, er hatte sich immer noch nicht gefangen.

„Mogli geht es wieder gut und ich denke, dass Mogli ihm meinen Namen gesagt hat und der Tierarzt dann im Internet meine Telefonnummer herausgesucht hat."
„Mogli hat deinen Namen gesagt, ähm ausgesprochen."
„Ja, warum ist das verboten?", fragte ich vorsichtig, denn Balou war wirklich durch den Wind.
„Ich habe gelernt, dass das gar nicht gut ist, zu enge Bindung, Beziehung und so."
„Ach deshalb sagst du nur du zu mir?"
„Was hat Mogli gesagt, wann er wieder hier ist?
„Bald also so in zwei Wochen ungefähr. Das ist gut, das ist sehr gut", sagte ich froh, weil ich mich nach so langer Zeit auf Mogli freute.
„Nochmal zu dem du, wenn ich nur du zu dir sage, gehe ich keine so enge Bindung zu dir ein, das muss irgendwas mit Abhängigkeit zu tun haben, so genau weiß ich das nicht mehr."
„Fühlst du dich von mir abhängig?"
„Nein, du lässt mich wie ich bin."
„Also ist unsere Beziehung gefährlich für dich?"
„Nein, sie bringt mir, so wie ich das sehe, nur Vorteile."
„Balou, die Zeiten haben sich geändert, was früher einmal galt ist jetzt überholt, es gibt neue Regeln, man muss loslassen lernen."
„Du hast recht unser Leben hat mit dem früheren Leben nichts mehr zu tun, wir haben jetzt Menschen, die so gut für uns sorgen, dass man schon fast sagen könnte, sie sind ein Teil unserer Familie."
Balou muss in letzter Zeit viel nachgedacht haben, er ist noch umgänglicher geworden und war bereit die neue Situation nach und nach zuzulassen.
„Das ist schön, dass du uns vertraust Balou, wir meinen es wirklich gut mit euch und wollen nur euer Bestes."
„Danke Ryan."
Ich schaute Balou mit großen Augen an und mir kullerten die Tränen über meine Wangen.

„Habe ich etwas falsch gemacht Ryan?"
„Nein Balou, ich bin nur sehr glücklich, dass du mich als Teil deiner Familie siehst."
„Ach so, dann ist ja alles gut. Ich werde jetzt die frohe Nachricht gleich an die Katzenfamilie weitergeben."
„Aber nur an die Katzenfamilie, an Myriam noch nicht, wie müssen wegen der Tarnung mit Fernando dem Tierarzt noch einen Plan ausdenken, wie er auf meine Adresse gekommen ist."
„Das ist doch leicht, du hast mir doch einmal ein Bild von Mogli in dem Ding das Internet heißt gezeigt und erklärt, dass das eine Anzeige war, um Mogli zu suchen; der Tierarzt hat sie gesehen und sich bei dir gemeldet."
„Danke Balou, das ist mit jetzt gar nicht in den Sinn gekommen, aber so geht es."
„Ja, wenn du mich nicht hättest."
Da war er wieder mein Machokater und ich war froh, dass er diese Eigenschaft nicht abgelegt hat, denn das waren die Momente, in denen ich innerlich lachen musste und das tat gut.

***

Mogli saß dicht am Schreibtisch von Fernando und saugte jedes Wort auf, da das Telefon auf laut gestellt war, konnte er Ryan hören und seine Stimme beruhigte ihn ungemein. Es war ein schöner Tag für Mogli, er war überglücklich und Fernando und seiner Familie sehr dankbar.
„Danke Doc, jetzt ist meine Reise bald zu Ende, dank deiner Hilfe."
„Schon gut Mogli, ich freue mich für dich, denn was du unternommen hast, um deine Familie wiederzusehen ist eine außerordentlich große Anstrengung gewesen, also ich für meine Seite bin stolz, dass ich dich kennenlernen durfte."
Mogli war sichtlich gerührt und die Auskunft, dass es Moglis Familie gut ging, machte sein Glück vollkommen.

„Filou, Filou, mein Mensch hat gesagt, dass du mit auf meine Insel kommen kannst, um Urlaub zu machen.“
„Was, ist das wahr, das ist … unglaublich“, Filou konnte sein Glück kaum fassen, dann lerne ich deine ganze Familie kennen, ja wenn das nicht genial ist.“
Der Doc sprach mit Isy und Sarah.
„Sarah, das heißt, dass du die Praxis allein machen müsstest, wir fliegen am Mittwoch und sind Sonntagabend wieder hier, oder wir schließen einfach für diese Woche ganz und du kommst mit, was meinst du?“
„Ich bleibe hier und kann ja dann im Herbst fliegen, da wollte ich eine Woche ausspannen und ich könnte Filou auch mitnehmen, der möchte doch sicher die Freundschaft mit Mogli pflegen.“
„Das hört sich vernünftig an, dann lenke ich die Notfälle an Javier um und du kannst deine Nachversorgungen und die leichten Fälle behandeln, dann kommt für dich kein Druck auf.“
„Genauso machen wir das.“
Mogli und Filou waren ganz aus dem Häuschen und konnten es kaum erwarten. Filou sagte immer wieder, dass diese Reise sein erstes großes Abenteuer wird und er so froh sei, dass er Mogli kennengelernt hat. Mogli erzählte von Balou und wie er ihn ausgebildet hat und dann von der Gefahr des Kinderfressers. Das kannte Filou natürlich nicht, in seiner Großstadt gab es einige verängstige Streuner, die schaute er konzentriert an und dann liefen die weg und wenn nicht konnte er ja die Flitze machen. Mogli hatte das Gefühl, dass es für Filou ganz gut ist einmal eine Katzenfamilie kennenzulernen, er war vom Denken her schon sehr vermenschlicht. Klar, Filou, Sarah, Isy und Fernando waren eine Familie, in die er als Katze sehr gut integriert war, das war auch sehr gut so, den Filou fühlte sich glücklich und das zählt. Auf jeden Fall erinnert er ihn an Balou, genauso aufgeweckt und wissbegierig, die zwei werden sich sicher blendend verstehen.

***

Die Nachricht, dass Mogli zurückkommt, hatte im Barrio seine Runde gemacht und war Gesprächsthema Nummer Eins. Alle waren aus dem Häuschen, denn jeder kannte Mogli, den manche wegen seines Felles auch nur Café con Leche nannten. Es gibt wahrscheinlich keine Türe, an der er nicht probiert hatte, ob er etwas zum Essen bekommen konnte. Die Katzenfamilie wusste ja schon von Paddy, dass er auf dem Weg war, aber dass es jetzt einen festen Termin gab, stimmte alle fröhlich. Sicher Balou war ihr uneingeschränkter Anführer und daran wird sich auch nichts mehr ändern, doch Mogli war ihr Held. Es war seine weise Voraussicht, dass die Katzen sich mit den Menschen zusammentun müssen und das eine Zukunft hätte, gerade für halbwilde Katzen. Und schließlich hatte Mogli den Kinderfresser angegriffen und sich dadurch als furchtlos erwiesen. Balou hatte den gleichen Mut bewiesen und den Kinderfresser auch herausgefordert, dass er abgestürzt ist, wird auch ihm zugeschrieben. Wenn eine Familie zwei solche tapferen und mutigen Kater hat, dann konnte sich die Familie glücklich schätzen. Myriam war so was von aufgeregt, sie litt damals furchtbar unter dem Verschwinden von Mogli und hatte manche Träne geweint, jetzt weinte sie vor Glück.

„Also am Mittwoch kommen unsere Gäste an, weißt du schon um wie viel Uhr Ryan."

„Ich bin um 15 Uhr auf dem Südflughafen, wir werden hier so zwischen 16.30 Uhr und 17 Uhr eintreffen."

„Gut dann mache ich ein Essen, dass ich ohne Probleme warmhalten kann und das Gästezimmer muss ich auch noch herrichten."

„Ruf bitte Ria an sie soll dir helfen, ich möchte nicht, dass du alles allein machst. Du kannst dich dann um den Einkauf und das Kochen kümmern, sie kann sauber machen und ihr

Bruder Manuel kann im Garten helfen, dann sind wir wieder auf dem Laufenden."
„Prima, das ist eine gute Idee, dann kann ich mich noch um das Lieblingsessen von Mogli kümmern."
Wie wenn ich es gewusst hätte, aber so war meine Perle, selbstlos und einfach lieb.
„Fährst du dann noch bitte in der Bodega vorbei und holst Tinto und Blanco, wir haben fast nichts mehr da."
„Kein Problem, Myriam, das kann ich nach der Arbeit erledigen, ich nehme auch noch 2 Flaschen von dem spritzigen jungen Wein, der ist zur Begrüßung gut und nicht so schwer nach dem Flug."
Die Miezen waren auch nervös, das sah man daran, dass sie jetzt immer im Rudel auftraten. Balou fühlte sich erleichtert, endlich wieder zu zweit und er mochte Mogli wie seinen Vater, der leider, als er noch ganz klein war, von einem Auto totgefahren wurde. Das Viertel bereitete sich auf die Ankunft von Mogli vor.

***

Filou und Mogli saßen in ihren Reiseboxen und sie waren auf Sitze gebucht. Fernando vertrat die Meinung, dass ein Tier nichts in der Gepäckabteilung zu suchen hat. Die Miezen waren schließlich gechippt, auch Mogli, das machte der Doc gleich nach der Operation und die Impfungen waren selbstverständlich auch auf dem neuesten Stand. Ryan bestand darauf die Tickets zu bezahlen und ließ da nicht mit sich reden; diese mussten sie nur noch am Schalter abholen. Insgesamt werden sie ungefähr 5 Stunden unterwegs sein, doch eine Stunde wird ihnen durch die Zeitzone geschenkt, also werden sie um 15 Uhr am Flughafen Reina Sofía - Tenerife Sur ankommen. Am Schalter staunte Fernando nicht schlecht, dass die ganze Gruppe von Ryan auf Business-Class gebucht war. Es war angenehm, so viel Platz zu haben; pünktlich hob der Flieger ab, aber es ging erstmal nach Madrid, da es keinen Direktflug gab. Isy stellte die Boxen auf den Boden und öffnete die Türen, so konnten sich die Miezen bequem hinlegen. Die Flugbegleiterin übersah das, Gästen der Business-Class machte man keine Vorschriften. Der Aufenthalt in Madrid war sehr kurz, es kamen noch einige Passagiere dazu, Kanarios, die ihr Familien besuchen wollten. Während dem Start hatten wir die Boxen zwischen die Füße genommen, eine Anweisung vom Personal, dann machten wir die Boxen wieder auf. Der Flug war angenehm und es gab zwischendurch eine Kleinigkeit zu essen. Punkt 14.55 Uhr setzte der Flieger zur Landung an, da wir für die 5 Tage nur Handgepäck dabeihatten, waren wir schnell aus dem Terminal draußen und da sahen wir auch schon Ryan. Ich setzte die Box von Mogli auf den Boden und öffnete die Tür. Mogli lief auf kürzestem Weg auf ihn zu und streife ihm um die Beine. Vorsichtig hob Ryan ihn auf seine Schulter und Mogli leckte ihm den Hals. Isy und Fernando ließen den beiden ihre Zeit. Nach einer Weile kam Ryan auf uns zu, die Augen leicht gerötet, nahm uns in seine Arme und erdrückte uns schier. Mogli war noch immer auf seiner Schulter und machte den Eindruck, dass er da auch nicht so schnell wegwollte.

***

Im Auto saßen die zwei Miezen mit Isy hinten und so konnte ich mich mit Fernando unterhalten.
„Ich bin dir echt dankbar, dass du Mogli wieder gesund gemacht hast, das hätte auch anders ausgehen können."
„Kein Ding, wir haben da so eine Familienkiste am Laufen, die uns so was erlaubt und ich könnte nie ein Tier unversorgt lassen, nein ganz sicher nicht."
Sie unterhielten sich über Sprachwandler und wie nützlich das für die Praxis sei. Da Sarah auch Tierpsychologie, Fachgebiet Katzen, studiert hatte, kamen viele reichere Kunden, die alles versprachen, wenn man ihrem Liebling

helfen würde. Nicht dass das Studium umsonst gewesen wäre, aber mit Filou war die Trefferquote einfach bei 95 Prozent. Die verwöhnten Hauskatzen übertrieben meistens, sie wiesen Eigenartigkeiten auf, die richtig nerven konnten und meistens nur um ihren Dosenöffner zu zeigen, wer die Katze im Haus ist. Sarah und Filou sprachen sich ab, dann war es an Filou der „Psychisch auffälligen Mieze" zu erklären was auf sie zukam, wenn sie nicht einlenkte. Das half in den meisten Fällen ohne Rezept. Sarah wollte gar nicht wissen, was Filou den Miezen erzählt, die Hauptsache war, es wirkt. Bei den echten Fällen wusste sie sich ganz gut zu helfen, aber die gab es zum Glück selten. Das Geld, das übrigblieb, floss in die Stiftung, die ihre Tante gegründet hatte, so hatten sie immer die neuesten Geräte und konnten auch in die Forschung investieren. Rundum war die Stiftung ein Segen für die Tiere und ihre Besitzer, vor allem für die Ärmeren. Auch Sarah und Fernando waren, so wie es Tante Isabel schon früher versicherte, durch die Stiftung bestens versorgt.

***

„Das hört sich gut an, wir haben bei uns gerade eine neue Ära eingeläutet. In unserem Barrio sind alle halbwilden Katzen seit kurzem zu Menschen gezogen, die sie füttern und die für sie sorgen. Balou war dabei eine große Hilfe, er hat das was Mogli vor langer Zeit, mit den Futterstellen schon in die Wege geleitet hatte zu Ende gebracht. Keiner von uns Menschen klammert, sondern wir akzeptieren, dass eine Katze ihre Freiheiten braucht", erklärte ich vorsichtig.
„Balou hat es schon geschafft?", fragte Mogli verblüfft.
„Ja es musste schnell gehen, da die Stadt anfing mit Katzenfängern zu arbeiten, außerdem war die Unterkunft der Familie keineswegs ideal, sie haben im letzten Winter drei Familienmitglieder verloren, es ging um Leben und Tod."
Bedrückt fragte Mogli:
„Wer sind die drei?"

„Ich weiß nicht, Balou hat mir die Namen nicht gesagt, aber ich kann dir sagen, wer es geschafft hat: Balou, Rafa, Mick, Ben, Baro, Jano, Maxi, Shila, Minu, Lina, Cela, Nuri, Bela, Tati und Carlito von Balous Cousine der Findelsohn."
„Dann haben Leon, Magi und Fe es nicht geschafft, aber die hatten schon immer Probleme mit der Gesundheit. Schade, dass sie das jetzt nicht erleben können, ich hätte es ihnen gegönnt."
„Ich hätte nicht geglaubt, dass es für Katzen so gefährlich werden kann, da könnt ihr froh sein, dass Balou das mit den Menschen alles geregelt hat", meinte Filou.
„Ja, das hast du wohl recht", antwortete Mogli.

***

Nach einer Stunde kamen sie an, Ryan fuhr den Wagen in die Garage und nahm ganz vorsichtig Mogli auf die Schulter, sie gingen durch die Garage direkt auf die Terrasse und waren erstaunt, Moglis gesamte Familie war anwesend. Sie miauten alle freudig durcheinander. Behutsam setzte Ryan Mogli ab und die Miezen liefen langsam zu ihm, sie wussten, dass er noch vorsichtig sein musste, Balou hatte das erklärt. Sie gingen alle auf Tuchfühlung und zeigten ihm so, wie froh sie waren, dass er wieder zu Hause war.
Jetzt kam Myriam auf die Terrasse, mit Moglis altem Essnapf, stellte den direkt vor Mogli auf den Boden und der sagte zu ihr:
„Du bist die beste Köchin, die es gibt, ich habe dich so sehr vermisst."
„Was du auch, du kannst auch sprechen, Mogli, das darf doch nicht wahr sein."
Myriam ging in die Knie und kraulte ihm sanft den Rücken, sie weinte und ihr liefen große dicke Tränen über ihre Wangen. Balou und Filou waren in eine Unterhaltung vertieft, sie verstanden sich auf Anhieb. Es wurde eine lange Nacht und gegen später kam noch ein anderer Ehrengast.

Balou hatte es geschafft Paddy rechtzeitig Bescheid zu geben und der wollte sich natürlich diesen Moment nicht entgehen lassen.
Mogli schaute verwundert und ging langsam auf Paddy zu und sagte ihm:
„Ich wusste, dass ich bei dir auf den Richtigen gesetzt habe.“
Es wurde eine lange Nacht und jeder war glücklich, ein großes Abenteuer zu Ende und alles war gut ausgegangen.
Es wurden neue Freundschaften geschlossen und in die Zukunft geplant. Alles war gut bei den Miezen, nahezu perfekt, der nächste Tag konnte kommen.

Printed in Germany
by Amazon Distribution
GmbH, Leipzig

24879056R00108